SENMUDAOYU
森木岛屿
著
ZHU
你见过
仙女吗？
会追你的那种
贵州出版集团
贵州人民出版社

·作者简介·

森木岛屿

| 小 花 阅 读 签 约 作 者 |

性子慢热，偶尔精分。
喜欢阅读，审美略古怪的半吊子文青。
希望永远十八岁，永远写最温暖的故事。

代表作：《南风向晚》《命中注定属于你》《每天萌他千万遍》《你不说话也很甜》

/前言/

今天一起背单词吗？

因为男主人设的关系，写这个故事的时候，我重新捡起了好几年都没怎么碰过的英语，然后就发现……

捡不起来了！

虽然全篇涉及的英语不多，但是，这件事给了我毁灭性的打击！在翻译很多东西的时候，都感觉自己像个智障，好像过去那么多年的英语都白学了？

一定是打开方式不对。

为了证明自己，愤怒的我特意跑去买了几本全英文版的书来读。

好歹我也背过那么多年的单词好吗！

然后……

事实证明，我可能真的是个智障？号啕大哭！

好吧，虽然很可怕，但是不得不承认，遗忘的速度真的要比记忆的速度快得多。

所以，背过的单词要每天温一遍，喜欢的人要每天想一遍，嘿嘿嘿。

其实吧，我也没有想到我会写一个外国小哥哥做男主，但修修改改、纠纠结结之后总算写完，也算是一种新的尝试吧。

哦，对了，强调一下，本故事纯架空，国家和人设都没有原型，故事里的帛莱是一个虚拟的、君主制的、只有三十六万平方公里的小国家。男主是仰慕中华文化的嫡长子，弟弟是个“中二”时期做过很多叛逆事情的孩子气的家伙……呃，反正都是智障作者自己编的。

看故事嘛，小可爱们图个开心就好。

如果有什么王室制度啊爵位啊身份啊上边的BUG（差错）……

呃……

我说了，智障作者瞎编的，不要当真哈。

如果有英语语法或是国外常识上的错误，嗯，请以正确的为准。

我记得以前熬夜刷英语题的时候，经常觉得好气啊，为什么我们要考四六级，为什么老外不来学中文。而且我总觉得，老外要是学中文的话肯定比我们学英语烂多了。

老天大概是故意要我。

然后，我就遇到了一个外国小哥，中文真的溜，跟他沟通毫无压力，甚至他还能蹦两句方言，还跟我讲起中国菜的煮法，让我有点怀疑我是个假的中国人？[黑人问]

所以，我已经决心重拾英语了，约一波吗？

从今以后，请叫我“国际·森”。[斜眼笑]

来吧，今天我们都是学霸！

（好好学习，指不定哪天捡到个小王子呢？）

森木岛屿

你见过仙女吗？
会追你的那种

目录

contens

/第一章/

你看上去好像王者峡谷里那条暴躁的大龙

1. .

Nelson（奈尔森）没想到，自己来中国后第一次单独出门就遇到麻烦。

他刚刚从冷柜里拿到牛奶，就遭遇了“袭击”。

只见一道黑影跟只小炮弹似的，“嗖”地冲过来一把抱住他的小腿：“Papa！”

奶声奶气的语调里满是惊喜。

Nelson：“？”

他愣了一下，然后反应过来——

认错人了？

小家伙只有两三岁的样子，跟他一样是白皮肤，黄色的鬈发软趴趴地耷拉在脑袋上，一双眼睛碧蓝晶亮，正仰着脸无比期待地盯着他看。

正值周末，超市里人来人往。

Nelson 环视一周，也没看见小家伙的陪同人员之类的。

他蹲下身，笑着揉了揉小家伙的脑袋：“小朋友，你一个人出来的吗？”

对方一脸乖巧地蹭蹭他的手掌，然后：“% ￥#@……”

Nelson：“？”English？（英文吗？）

“Pardon？”他决定换个语言系统，耐心道，“Once again, will you？”（抱歉？重复一遍可以吧？）

“% ￥#@% ￥#@……”

……

以上情形重复了近十次之后，两个人的沟通最后以失败告终。

一大一小，双双阵亡。

他只好找工作人员帮忙，可是刚想起身，小家伙嘴巴一撇，眼泪说来就来，而且双手搂住他的脚脖子死也不肯撒手。

他对小孩完全没辙，只好重新蹲下身子。

两个人就此僵持。

温言从电梯口下来，一转头就看到这一幕。

男人一米八七的样子，身形修长，黑色 T 恤往上露出精致分明的锁骨，偏棕褐色的短发下是一张经典的西方面孔，五官要比国人更立体些，鼻梁高挺，眉目狭长，碧蓝色的瞳孔晶莹深邃。

他面前站着个“迷你”混血儿，白白软软的，两个人往那儿一站，整个一活体海报。

“言言？”隔着电话的夏絮有点急了，“小言言，你别是真把自己走丢了哦？”

两个人原本一起出来逛商场，夏絮要来零食区买点零食，两个人就此走散，正说着在东南角集合呢，温言这边突然没了声。

夏絮一副操碎了心的老父亲口气：“小言言啊，你多大的人了还分不清方向？我跟你说啊，你出了电梯口往左转，然后……”

“絮哥！”温言突然出声打断她，“超市里今天安排了什么节目录制吗？”

不远处男人蹲下身去抱小孩子，随着动作的起伏，隐约可见流畅的腹肌线条。

温言移开视线，捏了捏发烫的耳垂，正犹豫要不要上去搭个讪什么的。

“什么鬼？”夏絮那边还一脸蒙，“言言，你做白日梦呢？就我们这个小超市？连……”

话还没说完，“嘟”的一声，手机发出电量不足的提示音。

温言把手机从耳边拿下来，刚扫了一眼，屏幕闪烁着挣扎了两下，然后彻底黑掉。

罢了。

温言下定决心似的叹了口气。

这，就是命。

命定的要去搭个讪啊。

她收了手机，往冷柜方向走过去。

“Hello？ May I help……”（你好？我可以帮……）

“你好，能……”

两个人视线相撞，同时开口，然后同时愣了下。

“没关系，”Nelson回过神，礼貌地冲她笑了下，解释道，“我会讲中文。”他还给自己取了个中文名叫江森。

他皮肤很白，眼睛轮廓很深，眼尾略微下压，湛蓝清透的瞳孔映得五官越发清冷，偏偏笑起来的时候那些逼人的气势褪去，倒显得有些无害又无辜。

好……好看！

温言只觉得自己迟到了十九年的少女心在这一刻悉数复活了。

血气一股脑儿涌上来。

抬眼对上对方温和的眼神，她感觉心里像被什么柔软的东西扫过，软绵绵的，又有点痒。

咳咳咳！

她不自觉地往后退了一点点，悄悄地摸了摸自己发烫的耳尖，然后移开视线，故作淡定地“哦”了一声：“那个……”

她正想着再说点什么，脚下被忽视的小豆丁大概实在容忍不了这眉来眼去的两个人，扯着嗓子“哇”的一声大哭起来，顺便叽里呱啦好一顿说。

温言朝面前的男人递了个眼神：他在说什么？

江森则一脸无奈：“我听不懂……”

这话说出来还真是有点可耻，前一句才说自己会讲中文，后一句就说自己听不懂人家说话？

温言摆摆手表示我懂。

是时候发挥下自己的母性光辉，展现下她温婉贤良善解人意的淑女形象了。

温言蹲下身捏了捏小豆丁的脸，然后耐心地哄着小孩尝试跟咿咿呀呀的“萌星人”沟通。

五分钟后……

她再起身，看江森的眼神都变了。

不问不知道，一问吓一跳。

原来是……父子啊？

江森：“怎……”

“抱歉先生，打断一下。”温言比画了个停止的手势。

虽然不分青红皂白上来搭讪是我的不对，但是难道你不应该义正词严地拒绝一下吗？

对着我笑得跟朵花儿似的是想怎么着？

这都不重要，重要的是，您教育自家儿子的这种方式，也太有问题了吧？

她一脸正气凛然的样子：“虽然我理解您教育小孩的初衷，但是——”

不就是小孩想要个小玩具嘛，至于编造什么自己不能回家要跟什么小猪佩奇大战八百回合拯救奥特曼失败所以还要抛弃小孩的这种破烂鬼话吗？

果然，外国人的脑回路都这么清奇？

还是说……

咦，看着风度翩翩的，怎么脑袋还有点毛病？

温言皱了皱眉，一脸嫌弃又同情。

“脑袋有毛病”的江森一脸茫然：“？”

没留给他发言的机会，接下来的十分钟里，温言就“如何正确教育小孩”这个话题，劈头盖脸训了他一顿。说了好半天，口干舌燥准备喘口气儿的时候，江森却开口了：“不好意思，我不是他爸爸。”

温言：“？”这就尴尬了吧？

下一秒。

“爸爸！”

温言：“！”哎，看吧，我没弄错。

“我不是你爸爸！”

温言直勾勾地看着他：“……”不是说听不懂吗？

啧啧啧，人心不古啊！

江森后知后觉地反应过来：“……”

不是，我只听懂了这一句。

2.

三个人就这么僵持了大半天。

直到有工作人员用广播找人，这才弄清楚这场乌龙。

确定江森确实跟小家伙没有任何关系——

小孩的爸爸原本是帛莱籍国际刑警，出任务的时候发生意外，妈妈不忍心也不好解释死亡这件事情，所以才编了些小猪佩奇超人的故事讲给他听。

而小孩生下来之后就只见过爸爸的照片，所以才会把同是外国人的江森认成爸爸。

小孩的妈妈过来又是道谢又是道歉的，直到要走的时候，小豆丁还扯着江森一直哭着喊“爸爸”。江森耐心安抚小孩的情绪，一直将母子俩送出超市。

温言刚刚打消的疑虑又开始冒头了——

明明长得还挺像，又对人母子俩这么有耐心，还说你们没有关系？

骗人的吧？

“ICPO takes public safety as its priority.”（国际刑警组织以公众安全优先。）

他回身过来看了温言一眼：“Every member is a hero,and their families deserve the respect of the whole country.”（每位成员都是英雄，他们的家人值得受到整个国家的尊重。）

温言的心思被戳破，大囧。

不过……怎么就上升到尊重国家英雄这一层面上去了？

被他这么一说，温言瞬间感觉自己思想很低级，逼格很欠的样子。

搞得好像自己在刻意冤枉玷污人家一样！

她摸了摸鼻子，移开视线，缩着脑袋排进队伍里准备结账。

周末超市里人很多。

她百无聊赖地排着队，低头的时候视线无意识地落在前面的购物车里，他的东西很多，都是一些日常生活用品：

毛巾、剃须刀、杯子、盘子、洗衣液、床单……

她看着看着就有点走神。

买这么多日用品，看上去应该是刚搬来这边？

好像也没有女士或者小孩用品？

单身吧？

所以那个小孩应该真的跟他没有关系……吧？

她站在他后边默默打量着。

他个子很高，身材健硕，手指修长，骨节明晰，指甲修剪得干干净净，食指与虎口处有一层不太明显的薄茧。

空闲的时候，人的思维就会极度发散。

温言就是这样，她捏着手里的牛奶盯着前边的人，从他的国籍、年龄到工作……

有一下没一下地胡思乱想着。

“您好？”收银员僵着微笑第三次重复道，“十七元五角，请问现金还是微信支付？”

温言猛地回过神，来不及收回视线，猝不及防对上前边男人似笑非笑的眼神。

好像偷窥狂被抓包。

她脸红到耳尖，然后扭过头干巴巴地应着：“现金。”

付了款，她还能感觉到他在看自己，回头刚想解释两句……

“言言！”

夏絮火急火燎地跑过来，气都没喘匀，一把拽住温言就往外拖：“你电话怎么回事啊？老余刚打电话找你呢，说有急事让你去她办公室一趟……”

“啊？”

温言眼角一跳。

真是诸事不顺啊。

她从小到大天不怕地不怕，就怕老师和鬼。

这会儿听到余教授单独找她，整个人都不好了，也顾不上刚才那点事儿，拉着夏絮拔腿就跑。

夏絮还不忘再瞄两眼旁边的男人，啧啧感叹：“我们家言言魅力还真是不分国界，走哪儿都撞桃花！”

“余教授有没有说找我什么事？”温言岔开话题。

“没！只说了是大事！”

“完了，这还没开学呢，就被教授盯上了……”

事实上，并没有什么火烧眉毛的事。

在温言忐忐忑忑站在办公室门口做了三分钟思想工作，才鼓足勇气敲门进去之后，余亚莎只是递给了她一张薄薄的A4纸。

余亚莎说这学期班里要来一个交换生，想要多了解中国传统文化，但是中文不太好，所以几个老师跟温校长商量后决定安排温言去给人做个小翻译。

美其名曰锻炼口语。

提到温先生，温言算是懂了。

论卖娃，还是温先生强！

温爸爸极重教育，加上以前从事过外交工作，在语言方面对她要求很高，从小就喜欢各种“锻炼口语”，什么帮张伯伯家的洋外甥女学习中文啊，给赵叔叔家的小孩补个课啊，陪李小哥见个外国客户啊……

净是些没工资的助理活儿。

眼下派老余来开这个口，她肯定是没办法拒绝的，只不过……

她捏了捏手里的纸张，想到今天在超市里见到的那个男人。

虽然人品待定，但是，那一口中文说得是真顺溜儿！

要都像他那样，她不就少了很多事儿吗？

“温言？”余亚莎扶了扶眼镜，伸手在她面前晃了晃，“有问题吗？”

“啊？”温言回过神来，疯狂摇头，“没有没有。”

“嗯，那行。”余亚莎一边拿起手机，一边指了指她手里的A4纸，“这是他的基本资料，你先看一下，我们约了等会儿碰面，你坐着等会儿啊。”

温言应着，低头去看资料，然后……笑容就有点僵硬。

这……唬人的吧？

基本资料还真是够基本。

上面跟凑字数似的，就写了姓名、性别、星座之类毫无营养的信息，连张寸照都没舍得贴，她三秒就能扫完，然后就只能得到这么个信息：

一个爱好中国传统文化的叫Nelson的帛莱国籍的男人。

“他身份有点特殊，”余亚莎也看出来她的疑问，笑着解释，“所以，信息不能泄露太多，你明白我的意思吧？”

温言：“……”不是很想明白。

能有多特殊？搞得跟皇帝微服私访似的！

“没关系，也没有什么大事，主要就平时多帮帮他就行，也不要对外声张，”余亚莎俯身拿起桌子上不停振动的手机，扫了一眼屏幕，别过头来，“喏，电话过来了，我之前约了他等会儿过来跟你碰个面认识一下，你不用紧张，他人挺好的——”

……

下午五点半，温言终于从老余的办公室里出来。

带着一颗被突然变得温柔又善解人意的老余狂轰滥炸到心率失调的小心脏，以及去给这个活在传说中的神秘外国男人送教材的神秘任务。

3.

同一时刻，C 大旁边的某公寓里。

穿着便装的一行金发男子站得笔挺，左耳侧各别着一只迷你耳麦，身形健硕，虎口处有常年训练磨出的薄茧，警惕性极高，武力值五颗星。

房间内的男人刚刚挂断电话，重新坐到沙发上。

温森还穿着下午那件 T 恤，神色却略显严肃谨慎，手边是成沓的文件资料和刚泡好的咖啡，电脑屏幕那端的大臣开始继续进行日常汇报，从王室近况到国民经济与外交……

他时不时点头，斟酌着做出各种决策。

听到乔治的消息时，他掀起眼皮望向屏幕，轻微皱了皱眉头，刚想开口，旁边的手机忽然振动。

他接过来看了一眼，抿了抿嘴角，对着屏幕那端的大臣比了个暂停的手势，起身去阳台上接电话。

身边的女助理则跟视频那端的人叮嘱了几句，收拾好桌上的资料，站在旁边等候吩咐。

半分钟后。

他折返过来，嘱咐助理："会议推迟到晚上八点半。"

"是的，殿下。"

他低头看了眼时间，噼里啪啦在手机上敲了一行字发出去，然后"啪"的一声扣上电脑，起身拎起桌上的车钥匙往外走。

如果他是帛莱堂堂正正的优秀王子和储君，那么他这个跟屁虫弟弟则完全相反，过去十九年的人生堪称"浪荡子"的标准范本，仗着父母的溺爱，飙车打架、吸毒泡妞、赌博盗窃……一度成为王室丑闻输出机。

近几年更是受辅臣乔治的蛊惑做了不少蠢事，一心以为自己在乔治的帮助下能抢夺王储之位，这次跟来中国十有八九也是受他挑唆。

打着求学的名义，实则为了给乔治做眼线。

他对这个弟弟也很是头疼。

下午六点多，正赶上下班高峰期，一路上耽误了不少时间。等江森赶到机场的时候，有人已经等得实在受不了，满腔的怒火好像随时都要爆发出来。

“God damn!（该死的！）”Woody（伍迪）不满地爆了句粗口，一脚踹翻行李箱，然后不耐烦地冲来人挥了挥手，语气极为烦躁，“江森！ Can't you do anything right?!”（成事不足败事有余！）

Woody 头发偏棕黄色，五官精致，与江森有七八分相似，只是相比起来少了些沉稳与气势。这会儿更是因为不悦，碧蓝的眼睛里盛满怒火，嘴角下压，头发也被揉成一团糟。

看上去像……王者峡谷里那条暴躁的大龙。

旁边一路送他过来的老管家已经见惯了他坏脾气的样子，也懒得搭理，转过身恭恭敬敬对江森俯了俯身，轻声道：“殿下。”

“嗯。”江森对着老管家点了点头，“辛苦了。”然后才冷冷地扫了一眼弟弟，从他手里接过行李箱往车子方向走。

“Hey!（嘿！）”身后人紧跟在江森后面，混杂着嚼碎棒棒糖的声音，“江森 !Wait……（等等……）”

“闭嘴。”

江森毫不留情地打断他的话，把行李箱放进后备厢，面无表情道：“你最好记得跟父王说的来这里的目的。既然你决心要来，我也不会送你回去，但是希望你能让我看到你学业上的进步，学好中文也算。否则，后果你知道的……”

“la ji！”Woody 白了他一眼，拉开车门进去，瘫在后座开始打游戏，故意重复了一遍：“la ji！”（垃圾）

不等江森训斥，他抢先打断，语气吊儿郎当地：“Understand?”（你懂吗？）

他拔下耳机，扬了扬手机，满车都是叮叮咚咚的游戏音效声，偶尔夹杂着队友们的讨论声，他操着磕磕巴巴的中文开口，得意扬扬：“蛇皮走位，窝怼友教的。”（我队友教的）

江森开着车，抬眼看了看后视镜里的人影。

“林措，记住，这是你的中文名。”

“呃？”

“听着！这些话我只说一遍。”温森打了把方向，语气严肃，“这里是中国，不比我们帛莱，这里没有父王和母妃，也不会有人事事为你善后，如果你想留下来，最好安分行事。另外，下个月底我希望能收到你通过中文考试的消息。”

“Yuck!（呸！）”林措打着游戏，语气里满是嫌弃与不耐烦，“You're at it again!So……”（你又来！所以就……）

他还想再说什么，抬头撞上哥哥阴沉的脸色，默默地闭了嘴。

车子在公寓面前停下来。

“自己下去拿行李箱，上楼整理东西，冰箱里有吃的。”

林措只好中断游戏，剜了一眼江森，愤愤地推门下车，还不忘踹了一脚车门，然后才拎了行李箱走人。

江森坐在车里没动，良久才看了眼弟弟气势汹汹的背影，无奈地叹了口气。

手机振动了一下，是他前两天才注册的微信有新消息，空空荡荡的列表里只有一个联系人，还是几个小时前从余教授那里要来的。

这会儿会话框提示有新消息——

兔子不吃胡萝卜：“有空。”

他点开左侧的头像，屏幕上小圈转了两下，图片加载出来变大一些，是一个动作搞怪的小姑娘的自拍照，加了粉红色特效的长耳朵，看上去像只软软糯糯的兔子。

他不由得想起和这个小姑娘在超市碰面的场景。

可能，这就是中国人喜欢说的“缘分”？

他扬了扬嘴角，按住图片点了保存。

4.

温言回复过微信消息，顺手把手机放在旁边，继续没心没肺跟小鱼抢肉吃。

“哎，小言言啊，你确定老余对新来的那个哥们儿是好声好气，而不是冷嘲热讽吗？”肉肉把一盘肥牛涮进火锅里，满脸的不可置信。

这也是整个寝室的共同爱好，每次刚开学几个人凑一起吃火锅已经成为她们603寝室的传统。

温言趁小鱼不注意，偷偷从她碗里夹了一只鱼丸塞进嘴里，装作什么都没有发生的样子继续看着肉肉：“确定啊。”

温言清了清嗓子，学着老余接电话的样子："没关系，你情况比较特殊，我让同学帮你把教材送过去……

"好好好……

"你忙你忙……"

"天啦！"肉肉一脸惊恐，"老余这是中邪了吗？她这种态度比恐龙复活还难得！"她喝了口橙汁，"这哥们儿到底什么来头啊？"

"谁知道呢！"

"不是，"小鱼鼓着腮帮子瞪大眼睛，"那你真的就要亲自上门给人送书去啊？"

"你以为我乐意？"温言无奈地叹了口气，继续啃着虾子，嘴里含混不清，"那又有什么办法，温校长专业坑娃二十年，这次给我接了个玉皇大帝微服私访民间的活儿，谁让我是小仙女呢？得去伺候着，尽尽身为仙女的职责！"

"孩子呀！"

夏絮咂咂嘴，拿着漏勺从锅里搜刮出被抢得没剩多少的肥牛，夹到温言的小碗里，一脸老父亲的慈爱，摸了摸她的头："来，多吃点，本来脑子就不好使，还被亲爹卖去了地主家！指不定以后要给神秘男人做牛做马了，下次再想这么好好吃一顿饭不知道是猴年还是马月呢！真可怜，多吃点啊！"

温言："……"

"是的。"耿直的学霸方或又补充道，"敢跟老余正面杠而且还能赢，肯定不是个简单角色！言言啊，你没得罪什么人吧？被老余指名道姓发配过去，恕在下直言，你可能凶多吉少，看在这个分上，我再让你一片培根，不用客气。”

温言：“……”突然有种自己在吃断头饭的感觉。

“你们别说得这么悲惨好吗？”小鱼看不下去了，眨巴着眼睛发表意见，“至少外国小哥哥都很帅啊，而且能来我们C大，要么家里很有背景，要么才华横溢，说不定……既有才华又有背景长得还很帅，哇，想想就很美好呢。两个人同住一个屋檐下，交流交流学习，一起吃个饭看个电影赏个月什么的，一见钟情日久生情你侬我侬岂不是美滋滋？”

“少女鱼”开始沉迷于自己的幻想中，撑着下巴哀号：“我也想去看小哥哥！”

“就你那两毛钱英语？”方或毫不留情地戳破她的粉红泡泡，“先不说你的外国小哥哥是不是肥头大耳的糙大汉，单凭你那还没认全26个字母的外文水平？呵呵，容我方某人提醒一句，学渣没资格贪恋男色！”

“哈哈哈……”

“哈哈哈……嗝！”

温言边笑边吃，放在桌上的手机屏幕忽然亮了一下。

被她备注为“玉皇大帝”的回话窗口弹出来消息：

“晚上八点，Passion酒吧。”

她悬在半空中的手忽地顿了一下，所以……

玉皇大帝说的临时有事就是为了去泡吧？

呵呵。

“Passion？”

夏絮就着她的视线瞟了一眼，只看见屏幕上几个英文字母，整个人脸色都变了，差点丢了筷子：“言言，你……有什么想不开的，去 Passion 干什么啊？你被油腻大叔给骚扰了吧？”

温言：“？”

虽然送书去酒吧这种事是有那么点奇葩，但是反应不用这么大吧？你可是 603 扛把子啊！

“温小言！”

肉肉从一堆虾壳中抬头，一副“你是从外星来的吧”的表情：“你不知道 Passion？”

见温言没什么反应，小鱼接过话头继续补充：“Passion 二楼就是酒店，喝酒开房一条龙服务，那里经常有那个什么什么交易……”你懂我的意思吧？

温言：“……”

她从小家教严格，父母基本杜绝了她出入酒吧、网吧各种鱼龙混杂地方的可能性。虽然也略有了解，但是也不清楚他们所说的酒吧幕后交易。

于是，室友们花了半个小时，你一句我一句地跟她科普了这间酒吧的“特色”。

从某学姐去 Passion 打工结果人财两失，到某学长出入 Passion

欠高利贷上百万后被人追杀，再到某某局长在那里被正宫当场捉奸……

说得有模有样的。

温言手里的筷子“啪嗒”一声，掉了。

像是为了印证室友们的“安利”。

温言晚上抱着一背包的书刚到酒吧门口，老远就撞见有人滋事。

一个外国男生，金发碧眼高鼻梁，皮肤很白，目测大概跟她差不多大年纪。

仔细看过去的话，感觉五官似乎有点……眼熟？

温言还没来得及细想。

对方就被保安一把拽了出来，一个踉跄，停在她面前几步远的地方。

男生嘴里叼着根棒棒糖，脸上写满了不服气，瞪着一双湛蓝的眼睛啐了一口，满是愤怒：“Are you crazy? You stupid jerk!”（你是疯了吗？你这蠢猪！）

见保安没什么反应，他摔了手里的棒棒糖，比了个中指：“la ji！”

保安狠狠地剜了他一眼，极不耐烦：“滚滚滚！”

男生这次彻底怒了，嘴里叽里咕噜地爆粗口。

温言听了两句，中英文混杂着地方俚语，连翻译带猜测下来基本就是——

"就你们这破烂酒吧，连小爷我家的厕所都不如！"

"连 La Romanee Conti（葡萄酒名）都没有还敢自称高级酒吧？你们的酒一点味道都没有，都是用来漱口的吗？"

"看你们这态度！还敢轰我出来？'The Customer is King'（顾客就是上帝），就你们，也敢这么对待我？"

……

温言："……"

保安也是个暴脾气，半天都没听明白这个外国人在咕哝什么鬼，抬手对着他后脑勺就是一巴掌："再瞅一个试试，给你脸了是不？瞅你这样儿看着就不像啥好人，喝个酒挑三拣四，装得跟真的似的！滚滚滚，毛头小子，哪儿凉快哪儿待着去！"

两个人推推搡搡。

酒吧的玻璃门突然被推开。

男生气势瞬间消了一半，心虚地往大门方向瞄了两眼，松了口气，似乎顾虑到什么，低声咒骂了两句，扭头就走。

他转身迎面撞上正美滋滋地抱着棉花糖经过的小孩，两个人对视三秒。

小孩"哇"的一声哭出来，丢了手里的棉花糖拔腿就跑。

男生看着手里的巨大号粉红色棉花糖，犹豫了几秒钟，然后……舔了两口。

旁边的温言和夏絮看着眼前这一幕，简直一个大写的"目瞪狗呆”。

好大一颗糙汉的少女心！

察觉到背后的目光，男生恼羞成怒，抬头凶巴巴地横了两个人一眼。

“扑哧——”

夏絮没忍住笑出声来，扯了扯温言：“小言言，看见没，我赌十包辣条，这个小白脸是个醉鬼，搞不好还是个白痴？哈哈哈！”

温言悄悄伸手拽了把夏絮，她满不在乎道：“没事，反正他也听不懂……”

林措气得脸色铁青，走过来看着夏絮：“I know，泥在骂窝？”（我早就知道，你在骂我？）

夏絮怔了下，脑子一抽，张口就来：“Yeah!You're right！”（对啊！你说对了！）

温言看着这两个人的神对话。

“……”

喂，110 吗？这里有两个智障。

酒吧里人声鼎沸。

温言默默地抱紧怀里的书包，莫名觉得自己像警匪片里过来送赎金的。

这么一走神，无意间就跟迎面过来的人撞了个满怀，她手里又抱着相当有重量的包，重心不稳往前扑过去，踉跄间被人稳稳扶住手臂。

她下意识抬头，撞上那双熟悉的碧蓝色眼睛。

他似乎皱着眉头，有些恹恹的样子。

酒吧里灯光闪烁，在他侧脸上投下七零八落的斑驳阴影，看不清楚神色。

温言大脑死机了几秒钟，然后才忽地一拍脑门儿！

是超市那个……

嘴巴比大脑反应更快，她下意识脱口而出：

“粑粑？”

江森眼角抽了一下：“……”

温言回过神来，一脸尴尬：“不是这个意思，我……口误！”

江森看着面前手忙脚乱的小姑娘，顺势接过她手里看上去就相当有重量的背包，挑眉笑道：“没关系，谢谢你了。”

温言：“？”

谢什么？

她脑子忽然抽了一下，冒出一个很诡异的想法——

他……他该不会以为这包是送他的礼物吧？

这么想着，她拽着背包的手又默默地加大了点力道，试图就这么不声不响地把书包重新抽回来。

偏偏对方好像也较上劲了，拎着她的书包带子，没有丝毫要松手的迹象。

于是两个人维持这么个诡异而不失尴尬的姿势好几秒。

5.

“那个——”

就在温言纠结着怎么跟他解释下自己还要给人去送书这回事的时候，面前的人忽然明白过来，摸出手机递到她面前。

熟悉的头像。

熟悉的对话。

感觉像在对什么暗号一样。

屏幕上还热热乎乎地显示着她之前收到的“晚上八点，Passion酒吧”那条微信消息。

温言手一松，书包重量骤失，落入对方手里。

所以……

温言张了张嘴，没发出声来。

玉皇大帝？

江森看着她轻笑了一声，朝她伸手，字正腔圆道：“你好，我是江森，江水和森林的江森。”

“很高兴认识你，以后请多多……”

温言脑海里闪过那天在老余办公室打电话的男声。

确认过声音，是同一个人。

她刚动了动嘴角，酒吧里新一轮音乐声骤起，将两个人的说话声瞬间湮没。

也不知道台上的歌手做了什么，人群瞬间躁动起来。

江森就着握手的姿势，将她往身边带了些。

猝不及防。

温热的呼吸，近在咫尺的碧蓝色眼睛，男人身上淡淡的酒味，温言清楚地感觉到自己疯狂加速的心跳……个屁！

小鹿早一头给撞死了！

她现在满脑子都是“玉皇大帝还真来酒吧泡妞啊”“玉皇大帝也有那啥啥交易吗”“玉皇大帝需要翻译吗不需要吧”“玉皇大帝您是来凡间历劫的吧”等一系列弹幕。

大概是想得太入神，她一不留神就从嘴里蹦出来了：“玉皇大帝你……啊呸！”

江森皱了皱眉，有点怀疑地模仿着她的口音：“宇——皇——大——滴？”

“啊？”温言也蒙了。

江森哭笑不得，放慢语速，一字一顿：“我问你叫什么？”

“啊我……”她话到嘴边忽地打了个转，起了点别的心思，勾着嘴角阴恻恻一笑，“我叫小……”

“江！”

温言话还没说完，不远处走过来两个女人，伸手攀上江森的肩膀，语气亲昵：“可以走了吗？”

不同于温言的学生装扮，面前两个女人都是金发碧眼，身形高挑，五官精致，再搭配紧身连衣裙，玲珑的身材尽显，举手投足间都有种妩媚又不失清冷的气质。

我……呸？

还真是来泡妹子的？

温言脑子里瞬间一万匹羊驼奔腾而过，还没来得及接受这一幕，下一秒就看见江森无比自然地从钱包里摸出一张房卡递过去。

“房我开好了。”他看了看女人，“你们先上楼准备一下，我十分钟后就上去。”

温言默默地吞了口口水，感觉自己的心情就像窗外现在的天气一样，冷不丁就降了一道滚雷。

即便她来之前在室友的科普下已经做好了那么一丢丢心理准备，即便大家都是成年人了，即便知道外国人相对来说比中国人开放一点。

但是，第一次看到这么个风度翩翩的绅士这么光明正大跟两个妹子开房，她还是觉得……有点接受无能。

外面的暴雨越来越大，玻璃上聚起歪歪扭扭的水流。

温言耸了耸鼻子，总觉得，空气里多了股什么味道。

江森低头扫了眼手表，犹豫片刻，然后看着温言，指了指电梯方向：“你，要不要一起上去？”

温言：“！”玩这么大的，你是变态吗？

“你叫什么名字？”他边问边往电梯口走。

温言：“……”

她僵着脸色，暗戳戳地瞄了他一眼，然后转身就跑，衣领却被人从身后拽住。

“我叫小……”到了嘴边上的“仙女”两个字，在看到江森那张脸的时候，忽然就转了个弯，她愤愤道，“祖宗！”然后脚下一个用力，狠狠踩了他一脚。

她终于知道空气里多了什么味道了。

是人渣的味道！

江森下意识地松开手。

温言灵机一动，索性乘胜追击，冲他挥了挥拳头，露出一点高深莫测的笑意：“听说过中国功夫吧？”

不等江森反应，她扭头就走。

装逼精髓在于说话只说一半，留给你无限脑补的空间。

温言故作淡定大步走开，很好，很高贵，很冷艳。

感觉自己神气极了！

等出了门，她才终于松了口气，偷偷回头瞄了两眼，然后拔腿就跑。

“萧祖宗？”

温森嘴角的弧度有一丝丝僵硬——

这名字……有点酷！

嗯，中华文化真的博大精深。

“江！”米茵从楼上下来，“视频会议要开始了。”

顿了顿，她又补上一句：“Woody 住你的公寓，房子的事情我已经联系人在找了。”

“不用。”

江森收回视线，异样的情绪一闪而过，碧蓝色眸底恢复平日里的冷静理智：“我住学校里。”

/第二章/

小祖宗，你过来！

1.

逛逛街，打两盘游戏，再去军训的新生堆里看一看小鲜肉学弟。

开学前的最后两天时间很快就这么浪过去了。

直到周一早上，八点钟的必修课。

想着要和那个人渣正式碰面，温言就没有丝毫想要去上课的冲动，硬是在寝室里磨蹭到最后十分钟，才摸了只口罩戴上，跟在夏絮身后磨磨叽叽踩着点去了教室。

据不完全统计以及自身经验来看，即便是开学第一节课，但教室里最后几排座位的受欢迎度仍会排在榜首，所以她计划着自己等会儿走正门进去坐在前面，差不多就可以避开跟人渣的正面交集。

到教室门口的时候，她就开始低着头给自己洗脑：

我看不见人渣，人渣看不见我。

我看不见人渣，人渣看不见我。

我看不见……

然而——

重要的事情说第三遍的时候……

她一抬头，就看到坐在教室第一排正中央的那个……傻子。

是的。

傻子吧。

除了考试前画重点那一周以外，平日里上座率不到5%的前三排学霸区，今天几乎满座，而且妹子居多。

而头号功臣此刻正有模有样地坐在正中央，乍一看，有种宠冠六宫的帝王架势。

——如果忽略掉他那张异域面孔，再换上一身龙袍的话。

江森面前摊开放着一本书，正侧头低声跟旁边的女生讨论着什么。

他的皮肤比周围人明显白了不止一个度，鼻梁高挺眼窝深邃，一双碧蓝的眼睛在阳光下更显得动人，棕褐色的短发带着点自然的微蜷弧度，笑起来嘴角上扬一脸温柔，浑身上下都散发着不容忽视的矜贵荷尔蒙气息。

那又怎么样？

还不是斯文败类一只！

嗬。

温言收回视线，轻嗤一声。

要不是自己那晚见识了他的真实面目，指不定还真会被他迷惑，想给这位认真好学的大好青年颁朵小红花呢！

她捂好口罩，然后拉着夏絮就往后排座位去。

夏絮却没动，指了指教室中央的位置："嘿，言言，言言，那不就是你男人吗……啊呸，你主子，不对不对你小老板……"

温言："……"她脚步没停，直接往后边走过去。

"言言啊，你不去打个招呼？"夏絮没留意她的反应，继续扯了一把她的衣袖，"哎，我突然想起来，你那天去酒吧就是给他送书啊？厉害了，在酒吧看书，这哥们儿真酷！"

温言："……"你上次还说那个酒吧是 ×× 交易场所呢！

她实在不想跟夏絮在这里扯着嗓子讨论这个外国人到底酷不酷的问题，只好又折返回去拖夏絮。

大概是动静太大，两三米开外正低头看书的人突然抬头往她这边看过来。

她来不及避开，直直撞上他那双标志性的蓝色瞳孔。

呃……

怕什么来什么。

"过来啊！"

江森晃了晃手里打包好的西式早餐，结果发现她瞄了自己一眼，反倒躲得更远了。他不满地皱了皱眉，起身走过去，目光落在她的口罩上："感冒了？"

温言摇了摇头，又点了点头，然后"噌"地又往后退出去好远。

不是，大哥，这不是重点吧？重点是您别装得这么无辜又善良好吧，我们很熟？

江森的心思其实很简单。

他肯定要在中国待一段时间，如果有本土而且心性单纯的朋友帮他适应和了解这里的环境那最好不过，而他也确实觉得余教授安排给他的这个小姑娘很合自己眼缘，再加上两个人之前在超市里碰过面，他是真的很想交这个朋友。

可是现在看来，对方对他好像不是很满意？

还有……

他想到那天晚上她临走时对他的态度……

或者说，他不清楚当地的什么习惯，在不经意间哪里冒犯了她？

"拿着，"他把早餐递到她手里，"那天晚上的事情，是……"

别说了别说了！

温言眼看着周围人打量的目光，觉得事情只会越抹越黑，索性直接接了他的早餐，不再多做纠缠，然后径自往后排走。

她在学校里一向人缘好，长得漂亮性格又随和，明里暗里有不少男生喜欢，这会儿见她过来，几个男生纷纷起身让位置。

肉肉和小鱼她们已经嗅出了一丝丝不寻常的意味，抻长了脖子凑过来：“小言言，你们这什么情况啊？嘿嘿嘿！”

“我老远就闻到了八卦的味道。”方或从厚厚的《辞海》中露出一双眼睛，看了温言一眼。

温言：“……”

算了，回去再解释。

她跟旁边的男生道了谢，就近坐在他旁边的位置上。

“小姐姐，你认识前边那外国哥们儿？”男生趁机凑过来跟温言搭话，试探道，“你男朋友？让我猜猜，你们吵架啦？”

“不是！”

“我就说嘛！”男生就等着她这句话，“他身边那么多小姑娘，一看就是拈花惹草的主儿，不是好东西，我刚还跟室友打赌，你要是跟他有点关系，我就直播吃——”

下一秒。

“萧祖宗。”

一道异常清晰的男声响起。

世界都安静了。

温言那口还没来得及喘匀的气就这么硬生生给堵在了嗓子眼儿，整个人保持着弯腰放书的动作僵在了原地。

男生看着前排站起来的高大身影，再看看旁边红着脸的小姐姐，简直想抽自己俩耳光，让你嘴欠！

江森根本没理会周围人的反应，径自走过来把牛奶递到温言手里，直接拎了她的背包往前排走，一双蓝眼睛写满了无辜：“过来，坐我旁边。”

温言：“……”真不好意思我并不是很想坐你旁边。

但迫于整个教室的目光，为了不让自己继续成为焦点，她只好默默地跟了过去。

江森把书包放在他旁边的座位上，见她一副不情不愿的样子，又补上一句：“I need you.”（我需要你）

“You know.（你知道的。）”他耸了耸肩膀，满脸无辜，“My chinese is poor.”（我中文不好）

放屁！

温言简直想掀桌子，你跟小姐姐聊天的时候，跟老余要小翻译的时候，让我给你跑腿送书的时候也没见你中文不好，这会儿想起来装了？

她在心里暗暗吐槽了半天，但最后还是说服自己不要跟智障多废话，然后默默地低头假装预习新课，自动屏蔽了身边人叽里咕噜的鸟语。

2.

第一节课是古代汉语，代课的是位上了年纪的秃头教授。

大概是教书近十几年都没见过前三排满座的盛况了，教授进门时愣是怔了好半天，还特意看了眼教室编号，确定没走错地方才笑得满脸褶子打开了电脑。

前十分钟是例行的自我介绍以及打着“相互认识认识”的幌子的点名活动。

点到江森的时候，教授特意瞄了他好几眼，确认他听得懂中文，然后才神秘一笑，突然转头“唰唰唰”在黑板上写了一大段字。

温言一脸蒙地看完，才忽地一拍脑门儿明白过来。

——最近微博上调侃拿来给“歪果仁”考汉语六级的断句题目。

“我们来做个文字小测试？”

秃头教授转过头来，一脸慈爱地看着江森，敲了敲黑板：“这个，能看懂吗？”

温言：“……”皮这一下你很开心？

好吧，老顽童开不开心她不知道，反正她是挺乐乎的！

乐得看这个热闹。

果然，江森有点茫然地低头看了她一眼。

大概是求助？

旁边已经有不少女生开始低声友情支援。

只有温言幸灾乐祸地偷笑了下，然后一副事不关己的样子故意往旁边挪挪身子，坐等看热闹。

江森从她身上收回视线，然后看着黑板：

“校长说，校服上除了校徽，别、别、别的？”

他声音低沉，讲中文的时候带了点淡淡的鼻音，一字一句，字正腔圆：“第一个‘别’是不要的意思，第二个‘别’是动词，代表安装、扣的这种动作，最后一个‘别的’是指其他的，后半句里的‘别别别的’重复两次，表示强调……”

“来到杨过曾经生活的地方，小龙女动情地说：‘我也想过过过儿过过的生活’……”

……

接下来的近十分钟里，江森在所有人吃惊的眼神里以一口几乎九十分的普通话讲解了这些断句，还顺带着区分了词性。

“啪啪啪——”

不知道是谁带头鼓起了掌，甚至有人吹了两声口哨，整个教室气氛瞬间活络起来，颇有种小型粉丝见面会的感觉。

江森还学着中国古人那样有模有样地抱拳说了两句“过奖过奖”。

教授：“！”

温言：“！”

她满脑子都是他几十分钟前说的那句“You know.My chinese is poor.”（你知道的，我中文不好。）

Poor？（不好？）

Poor 你个大头鬼啊！

洋鬼子就洋鬼子，学人家抱什么拳啊跟个大猩猩似的！

温言翻了个白眼。

江森别过头看着她，又特意冲她抱拳拱了拱手，她一抬头就从这家伙的口型里读出了一句“So easy”（简单）。

大兄弟，装得挺溜啊！

江森坐下来，然后偏过头，以不大不小的声音附在她耳边说："不巧，我昨天刷你们的'喂博'（微博）刚好看到过这个的正确读法分析。"

温言："……"所以，你现在是在得意？

温言觉得自己胸中充满了一股浊气。

秃头教授从巨大的震惊中回过神来，摸了摸自己的脑门："你中文学了多久？"

"八年。"江森淡淡道，还比画了个数字"八"的手势，余光不经意扫到温言，又补充道，"中华文化很厉害，我也只学到一点点。"

教授更惊讶了："那你还知道小龙女和杨过？读过金庸？"

"不太懂。"江森坦诚道，"我只知道这是两个人名，中国古代人好像喜欢在名字后加'儿'表示亲近的吗？就像小龙女喊杨过'过儿'那样？哦，还有小龙女和杨过跟'jin'有什么关系吗？"

小伙子，求知欲很强啊！

温言白了他一眼。

你尽管装！

倒是秃头教授好不容易碰到个这么诚心求学的，话匣子瞬间打开，从中国人的昵称讲究一直拓展到金庸，讲起小龙女和杨过的故事。

江森一副听得有滋有味的样子。

两个人大有相见恨晚巴不得就地结拜的架势。

就在温言被自己从小听到大都快听烂了的故事催眠到快睡着的时候，忽然听到了身边人认认真真地“哦”了一声。

紧接着的一句话让她瞬间虎躯一震，分分钟想在梦里猝死过去。

——“所以，小龙女和杨过的关系，就像萧祖宗和我一样？”

——“真巧，都姓‘xiao’。”

温言：“？”啥玩意儿？不懂别乱说啊兄弟。

虽然杨过师从小龙女学过武功而我要负责教你中文但是这两件事有着本质上的差别好吗不信请你瞪着你那双蓝玻璃球眼珠子绕教室360度看看是不是大家看我们的眼神都带着那么一点点探究兴奋与八卦啊？

温言觉得，如果手边有块板砖，自己绝对能放下精致小仙女人设就地敲爆他的狗头，把他打包送回他那个小帛莱国去！

江森不知道她濒临爆发的小宇宙，还冲她笑了一下。

“老师！”她从桌上爬起来，憋着一口气勉强挤出微笑提醒，“我们今天是要上《勾践灭吴》的吧？”

“哦，对对对！”

老教授忽然想起来，略尴尬地摸了摸自己没剩几根头发的脑袋，总算打开PPT开始回归正题上课，中途还不忘跟自己的爱徒来几波互动。

温言就这么一脸震惊地看着这个自称需要中文小翻译的家伙全

程认真听完了一整节古汉语课。

还要什么翻译啊？

感觉自己可以跟自家老爹打个招呼，让余教授撤掉自己这个头衔了？

最好从此两个人……啊不，一人一渣天各一方再不相见？

再会了大兄弟！

这么想着，下课的时候，她一边收课本一边往旁边认真做笔记的人手下瞅了一眼。

然而——

不瞅则已，一瞅她能瞅出个心脏病来。

不是，谁能解释一下，他书上认认真真做的这些个笔记是啥玩意儿？

“越王”两个字旁边标注个“King”能理解，可是“越王勾践栖于会稽之上”这一句，你后边那么大一条鱼是想干啥？

所以……

你别告诉我你理解的是国王用钩子钩鱼鳍？

那是“会稽”不是“鳍”啊！

还有——

“请勾践女女于王，大夫女女于大夫，士女女于士。”

大哥，您给“女”字上画个叉又是什么意思啊？印刷错误？“于大夫”就是姓于的 Doctor？“于士”又是个什么鬼？

温言的表情一言难尽。

上课的时候看你听得不是挺认真的吗？

察觉到她的目光，江森从书本中抬头，摊了摊手，勉强一笑：“It is very very difficult.”（这太难了。）

看得出来，这话是真心的。

温言看着他一脑门儿的汗，突然想到自己当年初读原版外国名著的感觉，要一个外国人来读中国的文言文，这可比她那时候的难度大多了。

看来他说自己断句是凑巧从微博上学来的这话还真不假！

“这里！”温言没忍住拨开他的手，指向书上的标记，没好气道，“这里，还有这里，你全都错了！这句里勾践是个人，不是什么国王拿钩子。还有‘稽’读‘ji’，‘鳍’读‘qi’，会稽是山名，而不是鱼鳍……”

她说着弯腰拿出笔，在他书上把这两个字写下来。

“所以，第一句的意思是越王，也就是这个叫勾践的人，退守到了会稽山上，”她看到他书上画的那条大鱼，又忍不住有点想笑，“不是用钩子钩鱼，你懂我的意思吗？”

江森沉吟半晌，蓝色的眼睛轻微转动，然后恍然地点点头。

温言把笔放回去，摇了摇头：“所以你这一整节课有模有样的到底都听懂了什么？”

“什么都没听懂。”

温言："……"哦，那你还挺诚实!

3.

温言懒得再搭理他，收拾了自己的书就往外走。

"哎哎哎，小祖宗？"

肉肉滑着夸张的小碎步过来将人堵住，笑得意味深长："小祖宗，你的交换生不错嘛？"

她刻意咬重了"小祖宗"三个字，听得温言一阵恶寒，简直想打人。

"好啦好啦！"夏絮及时止住话题，把肉肉往后拉了一点，长臂一伸钩住温言转入正题，"走呗，跟哥约一波火锅？"

"不去。"温言几乎脱口而出。

"真不去？"方或接话，"朝阳路新开了一家店，听说麻辣锅底超过瘾！你想一想你的红油锅底、雪花肥牛、虾滑、毛肚……"

温言："……"好像突然就饿了。

她默默地舔了下嘴角，毫无骨气地说："走吧。"

"小哥哥也一起啊。"小鱼冲着她身后的江森招了招手，"一起去吃个饭吗？"

"对啊对啊，"肉肉游说道，"We……"

呃……两毛钱英语真的很可怜了。

算了。

"你的小祖宗要跟我们去 eat 火锅，一起去不，小哥哥？我请你吃鸭脖？”

“亚脖？”江森皱了皱眉头，犹豫了一下。

温言扫了他一眼：

“他不去……”

“好啊……”

异口同声。

这就有点尴尬了。

好吧。

温言无声地叹了口气。

本来想着大路朝天咱们各走一边，既然你不愿意，那……别怪我咯？

还就不信治不了你这个人渣！

最终，在室友的坚持以及某个外国人的厚脸皮下，六个人一起去了新开的火锅店。

老板娘是个年轻的小姐姐，热情又开朗，过来推荐锅底的时候发现江森会说中文，特意多搭了几句话，开始跟他科普起“‘火锅’不是‘吃锅’”。

江森表现出极大的兴趣，两个人相谈甚欢。

最后，老板娘爽快地决定给他们打八折，还问起江森有没有空过来做兼职云云。

温言看着聊得火热的两个人，冷笑一声。

这家伙还真是看见妹子就走不动路!

“老板！”温言音量提高了两倍，“不是说你们这边的麻辣锅底最刺激吗？”

“对呀！”老板娘笑着递过来菜单，“但是你们都是女孩子，这位帅哥来中国不久，估计也吃不惯这种口味，所以我个人建议你们试一下……”

“江森你能吃辣吗？”温言笑得一脸温柔体贴，然后不等对方开口，“啪”地合上菜单，回头对着老板娘道，“他说他最喜欢吃辣！那行吧，就来个变态辣！不辣不买单那种！”

江森：“……”

老板娘：“……”

夏絮他们一直想尝试变态辣，但是顾及江森的口味，刚刚还在小声争执要不要换一种，这会儿见温言这么强势的态度，心情一时难以形容。

江森神色略复杂地看了温言一眼，最后还是笑了下，绅士地把菜单递给对面几个小姑娘继续点菜。

装模作样!

温言白了他一眼，然后起身去调料区拿蘸料。

这家火锅店很好地把握到年轻客户追求新奇的心理，从装修摆设到锅底口味，都融入了很多新鲜元素，调味品容器也都做成了各种夸张的网红表情包样子，一眼看过去，简直堪称奇葩大杂烩：尔康手、小猪佩奇、暴走萝莉……

咦?

温言拿着小汤匙的动作顿了一下。

最前边的“保命狗头”正散发着火辣辣的迷人光彩!

她盯着上边标注的“夺命辣，慎入”，然后露出“蜜汁”微笑。

三秒钟之后，她手里多了个小空碗，然后一勺一勺从特制蘸料里挑出尖椒碎放进去，还有什么剁山椒、花椒油……对了，还有胡椒粉、芥末!

温氏特制油碗加上变态辣锅底!

味道一定特别……棒!

她把蘸料碗递给江森，转眼笑得像个慈祥的老母亲，就差去抚摸他的“狗头”了。

“江森，这是店里新出的招牌蘸料，看上去很好吃的样子，我特意帮你拿的！”

保准回味悠长，让你此生难忘!

江森隔着一段距离就闻到呛人的辣味，眼底划过一抹深沉，但也没说什么，不动声色地接过去，还说了句“谢谢”。

小鱼很不放心地看了温言一眼，用口型比了个“不会出人命吧”，还想伸手去拦江森，被她挡下了。

然而，下一秒——

“你应该很喜欢这个吧？”

江森极自然地把手里的蘸料分了一半到另外一只空碗里，然后推到温言面前，满脸单纯无害，做了个“请”的手势：“好东西要分享，一起试试新口味？”

温言看着他一脸的真诚，感动得想哭。

还不到饭点，店里这会儿人不多，菜上得很快。

火辣辣的汤底沸腾着，不停地翻滚着小浪花，食材涮进去没多久就裹上一层红油汁，空气中散发着令人食欲大开的辛辣味道。

但是吃下去的后果嘛，可能跟巫婆的毒汁差不多。

几个人看着滚烫的火锅，硬生生没有一个人敢先动手。

“吃啊！”

“你吃啊！”

“你先试一口！”

……

江森则没什么反应，他刚从外面回来，似乎正在忙什么事情，低头划拉着手机，一副“我虽然很饿但是我更忙”的样子。

温言扫了一眼他面前的“毒汁”，脑海里的两个小人开始掐架——

“收手吧，你看看，温氏绝命配方，这比锅底毒多了！搞不好一吃两命！”

“怕什么？别尿！冲上去就是干！宁死不能输给人渣，大不了同归于尽！”

……

三分钟之后，后一个小人占了上风。

温言拱了拱身子，坐得笔挺，竭力让自己看上去淡定又有气势一点，然后在江森面前敲了两下桌子：“吃饭的时候不准看手机！”

江森收了手里的手机抬眼看她。

温言：“吃啊！”看什么看？

他看着面前的大锅和满桌子的食材，一时不知道该从哪里动手。

肉肉：“答应你的鸭脖，等会儿就上哈，你先试试这个，中华美食一绝！”

温言从锅里捞了一小片土豆，尽量涮去了一层辣，然后才塞进嘴里，但依然感受到了来自辣椒家族的深深恶意：“……”老板是多怕我们不买单？

她故意做出一副相当美味的表情，接过江森面前的筷子用热水烫过一遍之后递过去，微笑道：“Please！（请！）”

江森看了她一眼，然后捏着筷子跃跃欲试。

然而——

接下来的三分钟里。

在肉肉和小鱼争抢肥牛以及夏絮呼着热气的“嘶哈嘶哈”的声音中，温言在江森手里见识到了筷子的一百种不正确拿法。

温言：“……”

她实在看不下去，索性拿起漏勺从锅里捞了一堆食材，给两个人都夹了满满一碗，然后往江森手里塞了把勺子，自己用力咬了一口肉，一脸视死如归的表情盯着江森：

“吃！”

江森：“……”

事实证明，这种伤敌一千自损八百的方法真是幼稚又血腥。

半个小时之后。

温言觉得脑袋嗡嗡作响，嘴唇火辣辣地直发麻，她甚至几次想去摸摸舌头还在不在，因为已经完全没知觉了。

对面的夏絮、肉肉也没好到哪里去。

从一开始的“这个是我的”“这个也是我的”变成了“这个是你的”“这个还是你的”。

“好辣啊！”肉肉最先撑不住，果断放下筷子，几乎要哭出来，“我不吃了！保命要紧！”

其他几个人见状也立马纷纷缴械投降。

“言言你不辣吗？”夏絮灌了口水，抬头盯着对面两个还在战斗的队友，一脸敬佩。

温言大口大口呼气，已经辣得实在没有力气说话，这个世界上为什么会有这么变态的火锅？

她一手扇着风，一手从锅里继续捞出一堆肉片，狠狠蘸了一坨辣椒，夹到江森碗里，然后才有气无力地应着夏絮：“辣啊！”

只不过……

她别过头看江森。

他怕是对想象中的中国美食彻底绝望了。

他整个人对着面前的一小碗食物一脸的生无可恋，额头上一层细汗隐隐打湿了碎发，白皙的皮肤染上红色，难得有些狼狈的模样。

中途几次老板娘过来搭话，他都眯着眼睛辣得说不出话来。

温言心里一阵痛快。

“这家的变态辣真变态！”她又往嘴里塞了一块小酥肉，看着江森，露出一丝诡异的笑，“我下次……”

“还来！”

夏絮：“……”

肉肉：“！”

小鱼：“……”我看你比这个变态辣还变态。

小鱼跟她们相互递了个眼神，然后一起摇了摇头，表示看不懂现在的年轻人秀恩爱方式。

几个人一商量，打算换个地方去吃点正常人能吃的东西垫肚子。

吃完饭以后，趁着他们结账的工夫，温言溜到旁边偷偷灌了好几大口水。

见江森过来，她立马放下水杯，装作什么事情都没发生过一样，重新站得笔挺，甚至还故意斜着眼睛很不屑地瞄了她一眼。

“中国特色？”

江森回身看她，然后学着她的样子眯了眯眼睛：“你们平时都吃这么辣的东西吗？”

“对啊。”温言谎话信口就来，带了点恐吓的架势，“怎么样？下次还跟来一起吃饭吗？”

江森一下子就笑了。

尽管不知道原因，但他也感觉得到这个小姑娘对他的敌意，原本想借机跟她好好谈一谈的，眼下见她这个反应，觉得有点好笑。

她咂着嘴，额头上的小碎发已经彻底被汗水浸湿，粘在脑门儿上，嘴边还有些没擦掉的水渍，看上去有点可怜巴巴的，却还是一副壮士的表情，大有只要他敢说个“来”字就跟他同归于尽的架势。

他想了下，伸手从椅子上把她的包拎在手上，笑：“味道很赞，下次还来。”

温言：“！”

啊啊啊啊啊——

这人有毛病吧？

江森抬脚往外走，顺便把老板小姐姐送他的酸奶打开递过去：“喝了，胃里会好受一点。”

温言白了他一眼，没动。

装什么好人！

不过……

经他这么一说，胃里火辣辣的灼热感好像又重了一点，他手里那盒酸奶就显得格外诱人。

算了，不喝白不喝，反正也是送的。

她舔了舔嘴角，一把接过酸奶，大口大口灌下去。

4.

出了店门，夏絮她们七嘴八舌地讨论着去哪里再去吃点东西。

温言还要跟过去，但是肉肉被她今天疯狂吃变态辣的势头给吓住了，硬是联合其他几个队友抛弃了她。

她只好跟江森两个人慢吞吞地吊在队伍后边。

经过鲜奶店的时候，温言刚想再进去买瓶奶，一回头碰到一抹熟悉的身影，“噌”地立马又转回头，装作什么都没看见的样子继续往前走。

但还是被盯上了。

“嘿，小学妹！”

听到这声音，她就冷不丁一个哆嗦。

林洲是学生会副主席。

现在正值开学之际，新生那边大大小小不少事情都得他去插手，再加上新学期学生会各部门要招新的事情，每天忙得跟陀螺似的。

所以……遇到他，一准儿没什么好事。

温言回过头，果然看到他手里的电脑，以及跟在他身后的两个学姐，每个人都抱着一沓传单和横幅，满头大汗的样子。

“呃……学长。”温言有气无力地勉强打了个招呼。

“好巧啊学妹！”林洲两三步蹦过来，一爪子拍在她肩膀上开始套近乎，“我刚刚还跟她们说完了去找下你，没想到这就碰……哎，你嘴巴咋啦？”

他这么一咋呼，身后两个学姐也都一脸八卦地看过来。

温言怔了一下，下意识地去摸嘴唇。

拜刚才的变态辣所赐，现在嘴巴火辣辣地疼，不用照镜子估计也知道，都已经肿成火腿肠了。她别过眼去看江森。

果然，他也没好到哪里去。

嘴巴又红又肿，特别是在白色皮肤以及碧蓝色瞳孔这种很衬颜色的特质下，显得更加诡异。

像……

吃了孩子的吸血鬼?

哈哈哈。

温言开发脑洞默默想着，没忍住笑了一声。

现场所有人：“？”

林洲一挑眉，“啧”了一声，打量了下两个人，心想有古怪。

算了，正事要紧。

他扭头又去招呼夏絮她们：“哎，小学妹啊，我跟你们说……”

“学长学长学长！等等——”

夏絮狗腿一笑，大剌剌拍了拍他的肩膀，整个人却是往后退，顺便装模作样地看了眼时间，跟小鱼他们互相对了个眼色，然后对着林洲道：“那个，我们的电影马上就要开场了，先走一步，回聊哈！”

林洲：“哎……”

“您辛苦了，您伟大，您光荣，您是学校的骄傲，再见！”

夏絮背对着他挥了挥手，几个人瞬间跑远了。

林洲把视线转向温言和江森，后者手机刚好疯狂振动，他低头看了眼屏幕，冲林洲说了句“sorry”，然后去了旁边接电话。

温言：“……”

只剩下她跟林洲面面相觑。

考虑了三秒钟，她也决定遁走。

“呵呵……”她摸了摸鼻子，“学长，其实我……”

“小学妹，我就知道，”林洲毫不留情地打断她的话，一脸真诚，“只有你是个好人。”

温言：“……”其实我一点也不好的，求你放过我？

“新生军训就这两天结束，”林洲看着她，“你们文艺部招新的事情准备好了吧？学妹你可是担当人物啊！”

温言：“我……”

“还用准备？”后边的学姐拧开水喝了两口，笑道，“林洲，你这话问得可没水平啊！我们的副部长兼颜值担当就在这儿，想想去年那盛况，你还有什么好担心的？”

怕什么来什么！

温言瞬间一脸生无可恋。

想当年初入校园年少轻狂不懂事，满腔热血加入文艺部，又碰上内部人员亏空做调整，她阴错阳差下就混了个副部长的头衔，结果组织某次晚会的时候，大家一致推她刷脸去动员大家组织节目。

结果人倒是拉拢了不少，真正上得了台面的没几个，反而是各种冲着她来的狂蜂浪蝶招了一堆，成天打着商讨节目的幌子在女寝楼下围堵她。

那场面，现在想来还觉得头皮发麻。

5.

“怎么样啊小学妹？去不去？”

温言疯狂摇头，索性伸手把自己挡起来：“不去不去，再问自杀！”

“别别别！”

林洲伸手把她的手掰扯下来，意味深长地看了眼她的“火辣大红唇”，然后用眼神指了指她身后不远处正打电话的人影，露出一抹不怀好意的笑：“小学妹啊，今年不一样，学长给你想了个新办法，保准事半功倍，怎么样？”

温言才不信他的话。

林洲强行拉下她捂着耳朵的手，窸窸窣窣一阵好说，最后总结：“别忙着拒绝，你们文艺部可是我们的主力军，今年学校特别重视，过段时间还要组织各种晚会什么的，到时候学长给你们申请大经费怎么样？”

温言一副“不听不听王八念经”的样子。

江森接到米茵的电话，无非就是乔治在国内的一些小动作，他嘱咐了两句，就挂了电话。步子还没迈开，手机又振动起来。

弟弟打电话过来了。

“江森！”那边明显喝多了酒，笑得像个地主家的傻儿子，“江森！ I won the game！ Win……”（我游戏打赢了！赢……）

“You know i will win you sooner or later!”（你知道我早晚会赢了你的！）

“You're a pain in the ass!”（俚语：你这讨厌鬼！）

“泥在那离？ George……&% ￥#@……会帮窝的！”（你在哪里？乔治……&% ￥#@ 会帮我的！）

……

江森皱着眉头听了两句，发现并没有什么有意义的话，喊了他两句，那边一点反应都没有。

估计是打通了电话然后自言自语。

他动了动嘴角，最后还是挂了电话——

跟一个醉鬼能说什么？

他叹了口气，然后打电话给米茵，嘱咐她过去看看情况。

再回来的时候，他老远就看见笑得像狐狸的男生和眼睛瞪得老大的温言，正面对面争执——

“他不会去的！”

“招新是大事！你们俊男靓女一起出面，到时候招新男女比例就不会失衡了！”

“让他去勾引小学妹？学长你知不知道这是造孽！”

“小学妹，不要小气啦！就用你男朋友一天！”

“学长你又近视了？那个人渣怎么可能是我男朋友？”

“行啦，咱俩谁跟谁，这种事不用解释啦，学长懂的！不过，做人嘞，就是得有点奉献精神的嘛！”

“他不去！”

“他得去！”

……

以上没有营养的对话持续了10086遍以后，心机B男孩林洲及时止住话头，绕过她直接去跟当事人交涉。

江森一脸茫然地听他中英文混杂着搭话，语速极快，他隐约捕捉到了几句，大意就是拜托自己帮忙去参加什么活动的招新会。

林洲是个老滑头，生怕他不答应，还特意避过温言把人拉到旁边，中英文混杂着给他洗脑，编了一大套关于温言的部门遇到了大麻烦以及如果他肯出面帮个很小很小很小的忙，事情很容易就解决了的言论。

江森其实没太听明白，于是侧头绕过他去看温言。

温言根本没想让他去出卖色相。

倒不是什么不舍得他露面之类的鬼话，主要是这货长了张洋面孔，看着就已经够祸国殃民的了，又是个来者不拒的花花公子，逮谁勾搭谁。

要是祸害了 C 大一众萌妹子，这不就是造孽吗？

想想就可怕！

温言满脸苦恼，然后抬眼瞪了他一眼，满脸警告意味。

结果，江森成功会错意，以为她是担心自己不愿意出面所以才烦恼，于是，在温言自以为霸气威武的眼神中——

“All right.（好吧。）”他看了眼温言，然后冲林洲笑了下。

“Perfect!（完美！）”

林洲欢呼着跟他击了个掌，两个人来了个世界性友好握手。

“开心吗？”江森学着林洲的样子过来拍了拍温言的肩膀，松了口气似的，“这样，我们算扯平了吧？”

开心个屁！

您自己有机会去勾搭妹子了，开心就开心，可别扯上我！

什么扯平不扯平的？别说得跟咱俩有啥似的！

温言板着张脸，抬腿就走。

江森两三步轻易追上来，语气轻松：“小翻译，你的工作可以开始了？”

“啥玩意儿？”

“帮我复习功课啊！”他背得一脸认真，“越王狗西会鱼……女大夫、于大夫、女士、于士……”

温言：“？”

她简直哭笑不得："是'越王勾践栖于会稽之上'！什么狗西？还有后边那句是'请勾践女女于王，大夫女女于大夫，士女女于士'，你是不是傻？"

"你撕不撕萨？"

"不是！你怎么跟个半吊子鹦鹉似的！"

"半吊鹦鹉？成语吗？"

"哎你……"她说到一半，忽然狡黠一笑，抬头看着江森，"你真的不懂这些啊？"

后者点了点头。

"哦，半吊鹦鹉呢，就是成语，形容一个人英武潇洒，倜傥完美……"她编不下去了，总结道，"反正就是夸这个人很厉害。"

江森似懂非懂地"嗯"了一声，然后指了指自己。

温言阴恻恻一笑，眼神里充满鼓励："对对对……"

然后就看见他的手指掉转了个方向，指向温言，笑："谢谢，你也是半吊鹦鹉。"

温言咬牙切齿："！"

这货是故意的吧？

还什么特殊身份？什么玉皇大帝？大老远来中国学这些古董玩意儿脑子没问题才怪！真不知道怎么想的！

她气了一会儿，又没办法发火，只好自己加快了步子往前走。

算了。

渣就渣吧，关她什么事！

再说了。

这是什么地方？堂堂优质C大！全国优等生聚集地！

她还就不信了，大家都能眼瞎到看不清这个人渣的真实面貌，挨个儿上去贴着被他渣？

然而几天之后，她发现大家——

真的瞎。

/第三章/

有一个危险的想法，
你该不会是喜欢我吧？

1.

学生会正式招新在新生军训结束后。

几个桌子一拼，遮阳棚一撑，绑上红色的横幅，旁边放两个易拉宝，再贴几张活动剪影。

拉两把椅子，负责人往后一坐。

临时的招新平台就算完成了。

即便这样，也丝毫不影响新来的洋学长人气冲天——

温言刚买了瓶水出来，还没来得及走到自家“摊位”上，就被身后刚下课的一帮小崽子冲得差点跟大地来了个零距离亲密接触。

温言扶稳自己的老腰：“！”

再抬头的时候，不远处的遮阳棚下已经挤了一堆人。

当然，绝大多数还是冲着江森过去搭讪的妹子：

——“学长学长，请问这里是英语角吗？”

温言：“？”

同学你瞎吗？脑门儿上那么大三个字“文艺部”你看不见？

——“学长学长，报名表在哪里？我要加入你们社团！”

同学，把你的眼睛从人渣身上抠下来就看得到报名表了 OK？

——“学长，加个微信吧，我英语考得特别差，有空帮我辅导下好不好？”

同学，先把你那张满分的英文试卷捡一捡谢谢！

……

温言翻了个白眼，默默地在心里吐槽。

一个两个的，都是些只看脸的“颜狗”，白瞎了你们考上 C 大的智商。

话是这么说，但活儿还是得干。

她灌了两口水，挤进去一边维持现场状况以保证不会发生诸如踩踏事件或者脑残粉丧失理智疯狂索吻之类的事情发生，一边跟另外两个同学分发报名表：

“同学，这里是学生会文艺部，有意向加入的都到这边来填个表哈……”

“来来来，这边哈！”

“排个队排个队！”

……

可怜了她这么一如花似玉的大姑娘，现在要忍着毒辣的大太阳以及一群妹子不耐烦的白眼，跟保安大叔一样维持纪律。

说好的靠她的颜值撑起半边天呢？

现在沦为刷体力？

怪谁？

还不是那个洋家伙的锅！

温言抹了把汗，愤愤地朝人群中央扫了一眼。

江森被一帮人围着，大有“爱豆”空降C大的架势，就差再去拿个小本子去要个签名合个影了。

他也还真不让人失望，把人渣的中央空调属性发挥到了极致，扯着个笑脸，见谁都一副温温和和的绅士样儿，握手拥抱来者不拒，联系方式交换得不亦乐乎。

是可忍孰不可忍！

不能让这个人渣祸害一锅吧？

温言“嗖”地把手里的矿泉水瓶子丢进垃圾桶，活动活动手腕，撸了把袖子，决定往人堆里冲。

——可是，冲进去能干点儿啥呢？

算了，冲进去再说！

她吸了口气，竭力在夹缝中求生存，穿过拥挤人群，越过高山大河……啊呸！挤过高矮胖瘦，眼看着就要走到中心圈子里。

“啪——”

脑门儿上不知道被谁拍了一巴掌，大概是把她的脑袋当成了垫手石以及施力点，这只手半天也没有再拿开的打算。

然而，伴随着下课铃声，身后的人群又多裹了一层，拥挤得更厉害。

脑袋上的力道越来越大，她被夹在桌子和人群之间，根本躲不开，眼看着整个身子歪下去，头被压在桌子上。

“嘶——”

估计头骨都要被压骨折了。

她用力把自己脑袋从人群里抽出来，可人潮涌动，她被谁撞了一下，膝盖磕在桌腿上，整个人又被压了下去，脖子差不多要断掉。

“学长……救命！”

“我要死了！妹子麻烦你让开点啊！”

“阮阮……拉我一把！”

“……”

周围吵吵嚷嚷的，根本没有人听到她说话。

温言一度怀疑明早头条就是“C大文艺部招新现场火爆，副部长因公殉职”。

她要成为第一个被压死的人了？

“江森！”

余光瞥见江森的身影，虽然不确定人渣忙着撩妹的时候还有没有心思抽空来救一下她，但是出于求生的本能，她还是喊了一句：“救命啊……”

一个课桌的距离。

她甚至伸手去拽他的衣摆，好巧不巧地，被人挡住。

温言：“！”

完了！

她只好想着缩下身子是不是能从课桌下边钻一下保住狗命，刚刚屈膝。

周围人群忽然松散了不少。

下一秒，她腰间一热，有力道覆上来。来不及反应，她身体一轻，双脚忽然离地，整个人被人像拎小孩那样单手拦腰拎起。

“哎——”

突如其来的失重感，她下意识去找着力点，一伸手直接戳到他的腹部。

好像……硬邦邦的。

温言回过神来，又触电一样迅速缩回手。

只是那一瞬间的触觉，她已经感觉到脸颊发烫，心跳好像有点快了。

不是，人渣一个，她在这儿胡思乱想什么呢？

她脑袋里乱糟糟的，然后使劲拍了拍自己的头。

江森个子很高，力气也不小，从人群里把温言捞出来简直就是轻而易举的事情。

等到完全脱离人群，他才把她放下来。

本来倒没觉得有什么，现在安静下来，他看见温言泛红的耳尖，才觉得气氛似乎有点怪怪的。

“Be……”

“谢……”

异口同声。

温言止住话头，尴尬地摸着鼻子咳了两声，余光扫到旁边的水瓶，胡乱转移话题：“呵呵，那个天真热，我——”

“学长！”

温言的话没说完，被人打断。

穿着娃娃衫的萌妹子举着两张电影票直接跑过来，看都没看温言一眼，直接拽着江森的胳膊，软萌软萌的语气：

“学长，听说你是帛莱人？好巧哦，我上学期才从那边回来，超喜欢你们那里，我朋友刚送我两张电影票，讲的是你们那边的故事喔，学长有时间一起去吗？”

温言：“……”

她比画着口型无声地模拟了两下她说话的样子，然后无比嫌弃地翻了个白眼。

旁边又拥过来好几个妹子，纷纷开始搭话。

她耳朵里全是一群女生叽叽喳喳的声音，刚才脑袋里那么一丁点乱七八糟的想法瞬间消失无影，反倒被吵得太阳穴疼。

她和江森对视一眼。

没留给他说话的机会，她直接揉了揉额角，扭头就走。

你厉害，你最棒，你比腰间盘都突出。

我乐得个清闲有什么不好。

她随便拿了本书在教学楼前的台阶上坐下来。

江森身边很快又凑了一堆莺莺燕燕。

一群人说说笑笑的，关键是，他竟然来者不拒，各种联系方式各种搭话，笑得跟朵向日葵似的！

温言看了两眼，心里没来由地有些烦躁。

人渣就是人渣！脚踩这么多条船，也不怕摔死！

渣！

她愤愤地剜了他一眼，赌气似的拎起书，又往远处挪了点。

珍爱生命，远离江森！

越想越觉得烦，她索性移开视线，从兜里摸出手机，结果刚滑屏解锁，屏幕上一条大剌剌的新闻推送映入眼帘——

“惊！外国帅气网红小哥哥多次被曝睡粉实锤！”

温言抬头看着不远处还在交换联系方式的江森，忍不住又想到那晚在酒吧见到他跟两个女人在一起的事情。

呵呵。

果然！

一丘之貉，大猪蹄子！

2.

纳新活动进行了差不多一个多星期。

江森的人气也在这一周里飞速上涨，大有名冠整个 C 大之势，温言吃饭打水走哪儿都能听见些关于他的议论。

好不容易等来周末，她一早赖床窝在寝室里吹空调，白日梦还没做醒，就听见室友几个窸窸窣窣说话的声音，也不知道怎的，话题一转，她就听到了江森的名字。

她一下子就清醒了，盖着小毯子抻长了耳朵偷偷听着。

"哇，这张好好看啊！"是小鱼的声音，伴随着点鼠标的"喀喀"声，"啧啧啧，美色误人，我就说吧，我有做星探的潜力，看来群众的眼睛是雪亮的！"

"你们说，江森会不会就此一炮而红啊，然后被什么经纪公司看上，挖去拍个戏啥的，然后成为国民男神……"

"那好像跟你也没有什么关系。"学霸方或是一如既往的佛系扎心风，"论颜值，你已经输在起跑线上了，论才华，不说人家熟悉几国语言，就目前来看，江森一个外国人的中文水平都快超过你这个本土华人了。"

"你们别说，"夏絮道，"这年头高手在民间啊，这波粉丝照片拍得还真挺专业的！"

"作为一个总能把照片拍糊的胖子，"肉肉揉了揉自己的小肥脸，

“我大概已经不配做小哥哥的粉丝了……”

有毒！

温言缩了缩脑袋总结道，但还是没忍住摸着手机打开了C大的贴吧。

果然，这里已经被江森的照片攻陷。

到处都是关于他的八卦。

贴吧置顶的帖子简直红爆，标题还是标准的UC体：

“震惊！偶然经过一教，竟然看见这一幕……”

点进去里边全是各种明拍暗拍的照片，主角无一例外是褐发蓝眼白皮肤的熟悉人影。

楼主：“C大惊现异域小哥哥，盛世美颜碾压当红流量小生×××……”

温言轻嗤一声表示不屑，但手上动作没停，还是往下翻了几页。

几乎全部是夸赞，楼主用尽各种华丽辞藻对小男神进行了360度无死角螺旋式夸赞，什么中文十级啦，为人绅士又体贴啦，无敌暖男身材绝佳八块腹肌！

呸！

能把“越王勾践栖于会稽之上”理解成“国王拿着钩子钓大鱼”，还有脸说中文十级？

为人绅士又体贴？

那是你们没看见他勾搭小姐姐的样子！天真哪你们！一点都看

不透人渣的险恶用心！

身材绝佳八块腹肌？

算了吧，你们见过吗？肯定是宅男肥肉啤酒……肚……

她白眼翻到一半，忽然有点走神。

脑袋里浮现起第一次在超市见面的时候，江森抱起小豆丁，衣摆被勾起来的一幕，还有那天，他从人群里把她拎出来，她不慎摸到他腹部的触感。

这么想着，她觉得指尖有点发烫。

好像……他们说的也没错？

“呸呸呸！”

幻觉幻觉！这一切都是幻觉！

她摸了摸自己的脸，胡乱晃了晃脑袋，继续往下翻。

下边评论更是惊为天人！

哇咔咔的美妞妞：“糟啦，是心动的感觉！”

咸鱼 666：“Biu！我死了，被小哥哥帅死的！”

45 度の明媚忧伤：“小哥哥网恋吗？我千手观音！”

暗黑萝莉：“楼上别 YY 了，这是我掉的男朋友！鉴定完毕！”

木木是好同学：“楼主，求定位，求偶遇！”

……

温言实在看不下去疯狂流口水的一帮人，默默地登录账号，甩了一条链接上去：

大头大头下雨不愁：“惊！外国帅气网红小哥哥多次被曝睡粉实锤！”

大头大头下雨不愁：“妹子们看看吧，别傻了，知人知面不知心！你们的小男神跟这个网红男没什么差别！”

大头大头下雨不愁：“可长点心做个人吧！你们永远不知道小男神私下里是哪副面孔！”

前后不到一分钟时间。

温言的手机开始不停振动，无数条回复涌进来。

榴芒芒：“我赌十包辣条，楼上是猥琐宅男。”

喵喵不是毛毛：“你怕是嫉妒别人的美貌吧？”

欢乐的咸鱼：“垃圾宅男滚出去！我！我！我！跪求小哥哥睡粉！”

……

温言就这么变成了攻击对象，看着一波接一波毫无节操的回复，她差点儿一口老血喷出来。

这群年轻人怎么就这么……

“嗡嗡嗡——”

手机振动，屏幕上弹出来电显示。

林洲。

她想了下，按下接听键。

“小学妹！”那边声音咋呼得厉害，“晚上七点，迈乐 KTV，出来浪啊！”

肉肉立马凑过来，眼睛一眨不眨地看着她。

温言掀开毯子从床上爬起来。

“小学妹赏个脸呗，一帮人都等着您大驾光临呢！”

这架势一听就知道是打着聚会幌子的联谊，温言无语地揉了把头发，想也没想就拒绝：“不去不去！我还睡觉呢！”

“睡什么睡起来嗨！”林洲开启了唐僧碎碎念模式，“年纪轻轻的老宅着怎么行？那句话怎么说来着，生前不必久睡死后自会长眠，你……”

“没什么事我挂了，拜拜！”

“等等等等！江森！”林洲祭出撒手锏，“我可知道你们文艺部这次招了不少妹子，都是人家老江的功劳，你这个副部长不感谢人家，我可看不过去。七点，江森可是已经答应了过来！”

温言握着手机的动作停顿了一下。

人渣也去？

林洲见她半天没说话，知道这事有转机，顺势道：“小学妹啊，你想想，咱们C大的妹子有多疯狂你也不是不知道，你可是老江的‘监护人’，不过来监护监护，到时候万一……你说是吧？”

监护人……

温言皱了皱眉。

也对，毕竟余教授交代过要多照看他，就人渣那种中央空调，万一真搞点什么事情，她还真不好交代。

“行，那就说好了啊，小学妹，你再问下你们寝室的小姐妹们，要不要一起过来，人越多越好，玩玩嘛我请客！”

肉肉两眼泛光。

“是林洲。”温言指了指电话，“晚上七点在迈乐有聚会，问你们去不……”

话还没说完。

“去去去！”肉肉两眼放光。

温言也知道，她觊觎林洲不是一两天了。

随后，肉肉开始动员寝室其他几个人，好说歹说小鱼陪她一起，方学霸自然是要与书为伴，夏絮则表示作为妹子们的护花使者，温言去她就去。

“怎么样？”林洲把这边动静听了个七七八八，“来吧？”

“行吧。”

林洲计划得逞，挂了电话又以同样的招数去找江森：“喂，老江啊？为了感谢你出卖色相……啊呸，为了感谢你的自我奉献精神，小学妹代表我们学生会在迈乐组织了聚会，晚上七点，一起去啊？”

江森听到他口中的小学妹，笑了下，答应下来。

OK！

联谊晚会成功拉拢到两大核心人物。

完美！

自己可真是个小机灵鬼！

林洲美滋滋地放下手机，给自己点了个赞。

3.

迈乐 KTV 在市区里万达广场那边，距离 C 大还有一段距离。

温言从床上爬起来收拾了一阵，又凑合着去吃了个晚饭垫肚子，之后才被肉肉拖着打了个车过去，碰上下班高峰期，在路上堵了好一阵。

等到的时候，林洲他们已经嗨过一波，几个男生索性坐一起开了把游戏，麦克风传到一位刚到的小学妹手里，她刚点了一首热火情歌在嗨。

温言下意识就去寻找江森的身影。

包厢里灯光昏暗，一堆人横七竖八地坐着，她有点近视，环视一周也没看见江森的人影，一抬头，倒看见另一个熟悉的影子。

“好久不见！”

白墨痞笑着过来，搭了把她的肩膀。温言不动声色地躲开，抬脚就往林洲那边走，可很快被人从身后拽住手腕：“言言，翻脸别这么快嘛！”

温言一阵反胃，一把甩开他。

夏絮也挡在前面将两个人隔开，小鱼已经红了眼睛，上前拉住夏絮。

白墨轻笑一声，然后赶在温言前边一把牵住小鱼，还故意回头看了她一眼，然后俯身附在小鱼耳边说了什么。

两个人开始往外走。

温言不放心，想跟出去，夏絮冲她使了个眼色："言言！让小鱼自己跟他谈谈。"

她还想说什么。

林洲已经从沙发上蹦起来，老远冲他招手："嘿！小学妹！这儿这儿这儿！快过来！"

见温言没动，他丢掉手机直接冲到门口，钩住她的肩膀往里边带："哪，哥们儿没吹牛吧？就说我们小学妹今天会过来！"

一帮人笑着玩闹起来。

温言扯着嘴角笑了下算是打招呼，但心里还记挂着小鱼的事情，实在没什么心情真的玩起来。

旁边嘻嘻哈哈玩骰子的学弟大概输了游戏，红着脸端了两罐啤酒过来，被人闹着要跟温言喝一杯，她这会儿脑子有点乱，也懒得跟他们纠缠，接过啤酒一饮而尽。

刚放下易拉罐，包厢门被人推开，沙发上一堆女生尖叫了一声。

她抬眼看到挺拔的身形，站在哄哄闹闹的人群中，江森整个人越发显得清冷又矜贵，好像不经意间就与周围的烟火气息隔开了一道天然屏障。

温言移开视线，心道：还真来了？

江森往温言这个方向看了一眼。温言刚想开口，歌曲不知道被谁切掉，震耳欲聋的音乐声戛然而止，转而换成一首小清新的情歌。

前奏响起，上一秒还闹哄哄的气氛忽然安静了不少。

坐在她旁边的妹子不知道什么时候已经拿到了麦克风，这会儿正直直看着门口的江森，眼里的爱慕几乎要溢出来。

不用想也知道，十有八九是早已经准备好的告白戏码。

所以……她自作多情了？

刚才人渣是在看他的小迷妹，根本不是在看她？

温言心里没来由地更烦躁了一些。

“言言！”

她刚开口，夏絮从旁边绕过来，脸色很不好看，扯了她一把，然后用下巴指了指门外，示意出去一趟。

她站起身来环视一周，林洲他们还凑在一起嘻嘻哈哈地玩骰子，刚才还在和他勾搭的肉肉已经没了人影。

她觉得太阳穴突突直跳，也顾不上江森了，紧随着夏絮之后，她拉开包厢门往外走。

九月份的天气，外边还热得厉害。

出了包厢，外面简直就是另一个世界的温度，混杂着不知道哪个包厢传出来的鬼哭狼嚎，越发显得燥热，而身后的告白戏码声响渐渐淡去。

她往走廊左右看了看，然后直奔楼梯口方向。

安全出口就在走廊尽头的右侧，她刚走过去，就听到里边传来模糊的争吵声，夹杂着隐约的啜泣。

“我纠缠？你们问问她真的就对我一点想法都没了吗？”

“和你室友的事情都过去了，我也认过错了，现在也是诚心求复合你还要我怎样？”

……

紧接着，男生不耐烦地爆了句粗口，然后彻底没了耐心：“哎，不是我说，老子跟她的事情关你们这些人什么事啊？”

夏絮大概脾气上来，伴随着窸窸窣窣的拉扯声，应该是肉肉在劝她。

“那总关我的事吧？”

温言一把推开门。

争吵声戛然而止，几个人都倒吸了口气回头看她。

白墨厚着脸皮冷笑两声，阴阳怪气道：“哎哟言言啊！怎么？你过来是打算做什么？反悔了吗？想跟我在一起了？”

小鱼攥了攥手指。

“言言啊，其实……”

温言看了小鱼一眼，伸手将她往身后拉，然后出声打断他的话：“白墨！”

“是，”白墨舔了舔腮帮子，笑，“温言，是关你的事，当初要不是你跟着掺和，我和小鱼也不会走到今天这个地步！”

小鱼红着眼扯了扯男生，低声道：“白墨……”

温言反被气笑了。

这件事说起来有点狗血。

她确实有一段时间跟白墨走得比较近。

只不过当时他口口声声说喜欢小鱼，也花费了不少心思，又去拜托温言帮他追小鱼。

温言也看得出来，小鱼喜欢他。

于是，她顺手帮了他几次，结果小鱼动心的时候，这货突然撒手了，反而到处说自己和她在一起。

当事人温言根本不知道自己有这么个所谓的“男朋友”。

后来她去跟他对质，两个人彻底闹掰，然后白墨又退回去继续纠缠小鱼。

小鱼确实喜欢白墨，又禁不住他的死缠烂打，两个人就这么不清不楚地拉扯了这么久。他也就仗着小鱼优柔寡断，三天两头过来找她，蹭个饭借个钱什么的。

现在竟然还能反咬一口。

4.

夏絮看不下去，起身就要跟人动手。

温言一把拦住夏絮，直直看着面前吊儿郎当的男生：“白墨，适可而止。”

“嗬，”白墨冷哼一声，要笑不笑，“如果我说我不呢？”

他打定主意温言不会拿他怎么样。

当初他是知道小鱼对他有那么点意思，所以才就势要温言帮他追一把，结果半途发现温言这个妹子更软萌一些，脚踩两条船岂不是美滋滋？

即便后来事情破裂，他也没觉得有什么。

他甚至觉得，温言现在插手这件事情，指不定是看到自己和小鱼在一起，心里不舒服，如果再刚一波，指不定还能再追到手？女孩子嘛，不就那么点小心思？

这么想着，他又放软了态度：“言言……”

“白墨！”温言吸了口气，往后退了两步，彻底冷了脸色，“没错，按理来说，这是你和小鱼两个人的事情，我一直也没想多插手，但是事到如今，有些话如果不说清楚，你怕是不会长记性？”

白墨愣了一下。但也只是那么一下，他不相信这么个小姑娘还真能做点什么事。

他笑了下，一副“你能拿我怎么样”的无赖模样。

“Z 大白墨，上个月底打架斗殴被记大过，五月份参与赌博欠债近 30 万，高利贷还起来挺麻烦的吧？”她又恢复了温温和和的语气，看了白墨一眼，说话却丝毫不留情面，“还跟黑社会沾上关系，狐假虎威在学校里横行霸道。”

白墨脸色变了一下，很快又反应过来，故作淡定，笑道：“又能怎么样呢？温言，既然你也知道我跟黑社会有关系，你不怕吗？万一哪天走路上，遭遇什么……”

“哦，我差点忘了！”温言打断他的话，补充道，“你跟黑社会那帮人什么关系我不知道，但是听说你前段时间跟人家妹妹纠缠不清，被人找了很多次，是吧？”

小鱼用力攥着手指，指节泛白。

夏絮和肉肉过去搂着她的肩膀。

其实温言知道，这些事情小鱼多多少少早就知道一些，她之前一直没有捅破，也是因为这本来就是他们两个人的事情，即便是室友，关系再怎么好，也不好一再去掺和人家的感情私事。

她也一直觉得，小鱼虽然喜欢他，但毕竟不至于失去理智拎不清现实，所以一直在等小鱼自己去处理。

可眼下看来，处在爱情里的女人，脑袋是没有办法正常思考的。

白墨脸上青一阵白一阵的，看了看小鱼，再看看温言，然后举着拳头：“温言你真不怕吗？”

“怕！”温言语气平淡，“怎么不怕，万一哪天我走到路上遭遇什么不测对不对？但是白墨，你就不好奇为什么我会知道这么多事情吗？”

白墨果然怔了一下。

其实这些事情也是她跟温爸爸出去的时候，无意中从一个伯伯那里听来的。

温校长嘛，好朋友大多数也是一些校长啊教授啊教育厅什么主任啊之类的，大家凑在一起难保不会讨论下自家学校里的两个极端，要么就是某某特别优秀的学生怎么怎么样，要么就是某某特别烂尾的又捅了什么娄子。

不过这会儿用来唬人正好。

温言将他的不淡定看在眼里，趁机故意压低了声音："你家住在木沿路二段景江小区C栋二单元……"

呃……

温言不记得了，但还是得继续装下去，她一副"我知道但是我故意没说完"的样子，转而道："你爸爸受伤在住院，你妈妈是一名小职员。"

别问她怎么知道的，哪个上班族女性不是小职员？

白墨显然已经被她这架势唬住。

"你知道我后边是什么人吗？"温言看透，趁机继续信口胡诌，想了下，"你知道为什么C大这么多有才之人，而眼下最火热的江森刚来就被交到我手上吗？"

——当然是因为自家老爹是坑娃达人。

"你知道他是什么背景吗？"

不知道吧？不好意思她也不知道哈哈，但是看那人渣一副人五人六的样子，肯定非富即贵，又说是什么特殊身份，搞不好是国外什么达官显贵的小公子私生子之类的？

不管了反正拿过来用用。

“所以白墨，”她抬眼看他，“你要是愿意比画，想让我遭遇个什么不测的话，最好考虑清楚了，只不过我们俩谁先出事就说不准了。如果你继续纠缠，好巧不巧，我三叔、堂哥、堂姐，刚好一家子都是吃法院这碗饭的，检察官、金牌律师了解一下？有需要记得找我？”

事了拂衣去，深藏功与名。

温言话说到这里，确定白墨心存了忌惮，于是拉了把夏絮，准备撤退。

白墨没想到自己会被一个小姑娘拿捏，脸色难看得骇人。

“江森是吧？有背景是吧？”他恼羞成怒，一个箭步冲过来一把拽住温言，阴笑两声，“你以为我会信啊？要真那样，他怎么不自己出来帮你挡着？还要你一个小姑娘来应付我？”

温言一顿。

糟啦，被看出来了？

算了，大不了就硬刚一波，她的跆拳道散打这么多年可不是白练的！

白墨刚抬手，她侧身躲过，往后退了两步。

身后的安全门忽然被推开。

“那是因为应付你这种人渣，一个小姑娘就够了。”

瞥到来人，白墨脸色红一阵白一阵，顿了顿冲过去就想动手。

江森反手关上门，顺势回身，一把挡住白墨的动作，轻而易举就将他一只胳膊反折在身后。

看上去不大不小的力道，白墨却瞬间变了脸色。

哎？

温言看着面前身形高挑的人影，有那么一瞬间，觉得他那头褐毛也没那么讨嫌了，甚至还有那么一丝丝帅气？

不对不对！

她晃了晃脑袋。

温小言啊，现在是你发神经的时候吗？

这都是错觉。

他可是人渣！人渣啊！

咦？

人渣这会儿难道不是应该在包厢里跟小学妹你侬我侬吗？

不对不对，他刚刚说什么来着，他怎么懂人渣这种词？

所以……刚才的话他听进去了多少啊？

不愧是人渣，听墙根儿这种事都做得出来！

她脑袋里顿时一阵混乱。

刚才自己都说了什么，如果全都被听到，岂不是太羞耻了一点？

江森看了她一眼，手上再用了点力，白墨开始痛苦地叫唤着认错，转而向小鱼求救。

小鱼看了看江森，后者警告性地剜了白墨一眼，然后将人松开。

夏絮冲温言递了个眼神，又比了个打电话的手势，然后跟肉肉一起陪着小鱼往外走。

安全门“吱呀”一声之后，小小的楼梯间忽然安静下来。

温言咬了咬嘴唇，脸颊没来由地有些发烫。

不得不承认，虽然平日里她喊江森一口一个人渣，但刚刚他出现的时候，她心里还是跳了那么一下。

错觉错觉都是错觉。

温言摸了摸胸口给自己做思想工作：肯定是因为他跟白墨站在一起，相比之下看上去才没那么渣。

“温——言？”

江森皱了皱眉，碧蓝色眼底却铺了层淡淡的笑意，玩味似的再念了一遍：“温——言。”

温言从来没有过这么一瞬间，觉得自己的名字被人念出来有这么羞耻。

她忍下捂住耳朵的冲动，抬眼看他：“对……对不起。”

也不知道自己为什么要向一个人渣道歉！

不知道是不是想法被看穿，江森没头没尾地接了一句：“我不是人渣。”

温言忽然想到什么，有点心虚，干巴巴咳了两声，移开视线。

“我们谈谈？”江森拉开安全门，侧身而站。

5.

温言其实不知道他要跟自己谈什么东西，所以一路上都有些恐慌。

再加上夜风吹过，路边的树木飒飒作响，小道上唯一一盏小路灯还忽闪忽闪的，温言脑海里瞬间浮现了数十部惊恐大片。

直到一条黑影“嗖”地从她脚边窜过去，发出“喵呜”一声。

“啊——”

温言大叫一声，她脆弱的心理防线这下彻底崩溃了，撒腿一路冲到前面开了灯的小超市门口，才哭丧着脸扭头看江森：“要谈什么你倒是赶紧谈啊！”有什么话不能好好说，非要用这么变态的方法来折磨人？

江森走到她跟前，低头扫了她一眼，忽地笑了：“你怕黑？”

温言说不清楚是有点恼怒还是有点羞耻，梗着脖子：“当然不怕黑！”我怕的是鬼。

嗯。

江森故意没接话，嘴角噙着一丝丝笑意，不紧不慢地转进一条乌漆嘛黑的小路上，还顺便冲她扬了扬手里的手机，一副“你不跟过来的话你的手机钱包就别要了啊”的样子。

温言硬气了两分钟，然后缩着脑袋四处瞄了几眼，又想了下。

好女不吃眼前亏。

她追了上去，清了清嗓子，主动交代：“好吧，我承认，我在你书上写了‘人渣’。”可是，我又没说错。

“嗯？”

江森嘴角划过一抹笑意，脚步却没停。

他好歹也是从小在王室长大，对于察言观色这件事再熟稔不过，更何况这小姑娘对他的敌意根本不加掩饰。

他一直想找时间跟她好好聊一聊，把事情说清楚，今晚很明显是个好机会。

“之前吃火锅故意给你拿了变态油碗。”温言扯了扯嘴角。

“还有呢？”

“骗你说我叫‘小祖宗’，上课故意看你笑话，还在贴吧上抹黑你，不给你好好讲古文，用‘半吊子鹦鹉’忽悠你……”温言索性掰着手指头把能想到的自己做过的事情一一列举出来，碰上江森的视线，想了想，确定道，“就这些，真没了。”

“所以，谁是人渣？”

“我……”温言几乎脱口而出，反应过来，到了嘴边的话又打了个转，“不是。反正我不是。”

她想到自己做这些的最初缘由，辩解道：“我是有原因的！这俗话说的好，‘有朋自远方来，不亦乐乎’，这俗话又说了‘魔高一尺道高一丈’……”

为了把江森绕晕乎，她简直无所不用其极，自己都不知道自己到底在说啥，最后好不容易绕回来：“如果不是因为你最开始就做了不好的事情，这么善良可爱又美丽的我怎么可能平白无故去针对一个外国友人呢？”

江森自动屏蔽那些他听不明白的什么魔啊道啊：“所以，我做了什么？”

“你……”

温言有点说不出话了，那天在酒吧看到他跟两个女人开房的那一幕，至今都还在她心里留下了不可磨灭的心理阴影。

其实说起来，除了那次以外，她也确实没怎么见他做过别的什么不好的事情。

但那一件毁三观的事就够她戴上渣男滤镜去看他了。

“江森，你记得我去送书给你的那次吗？”她清了清嗓子，故作镇定道，“酒吧，你跟两个小姐姐……”

虽然她一直没觉得自己脸皮薄，但是这种大尺度的事情她还是有些说不出口。

“你们国家比较开放我也能理解，但是江森，你至少应该有点人性，懂得尊重女性吧？”

江森接过话头：“我跟米茵她们在酒店开房的事情？”

他一开始也从来没有想到是因为这件事，思来想去也没弄明白。前几天实在没忍住去找了米茵请教，两个人分析好半天才终于猜到问题可能出在这里。

温言沉默了一会儿，耳尖以肉眼可见的速度泛了红，然后说道：“别装了！”

“温言。”江森忽然停下来，“余教授有没有跟你说过我的身份？”

身份怎么了？身份特殊就可以乱来吗？

“王子犯法与庶民同罪！”

江森猛地一怔，回头看向温言：“你知……”

“更何况你又不是什么王子！”温言白了他一眼，“别把自己太当回事儿了！”

江森微不可察地松了口气，表情又有点复杂：“我家庭背景有点特殊。你那天见到的那两个女人，都是我的……助手，你也可以理解为同事。”

这次换温言愣了下。

说好的谈一谈，她以为他是要来跟她算总账的，毕竟自己这么久一直搞这么多小动作针对人家，实在有悖于一个“翻译家”的职业操守，可是没想到他突然就开始解释了，反倒搞得她有点措手不及。

“你……”她抬头看了看身侧的男人。

他五官隐匿在黑暗里，看不清神色，分明是正常的语气，温言却总听出了一些深沉与……沧桑？

别装了伙计，不就比她大一岁嘛！

她想了想，还是没把这句话说出来，反常地多了点耐心：“然后呢？”

“然后……”江森低头看了她一眼。

小姑娘难得安静一些，像被顺了毛的猫，眨巴着眼睛等着他继续说后边的事情。

他笑了下：“然后我弟弟前段时间也来了中国，现在住在我那里，因为一些特殊情况，所以我那天不得不临时去酒店，要跟国内的同事开一个重要的视频会议，当时实在脱不开身，所以才让余教授找你帮我送书过去。”

啧啧啧！

虽然有点扯……

温言在心里吐槽道。

但是吧，余教授确实说过他身份比较特殊这回事，而且当时不让张扬，现在听他这么说，什么弟弟过来住了他的房子，他只好去住酒店，还要去处理什么听上去很高大上的事情……

这个套路……怎么感觉有点熟？

她想了想，忽地一拍脑门儿！

豪门！

那种某某集团老总遗落在外的私生子，在多少年后被接回去认祖归宗，因为种种情况或者是当老爸的愧疚心理，决定把手里的事业交给他继承，然后弟弟不满意，处处跟哥哥作对……

对，就是这种情况。

别问她怎么知道？豪门电视剧小说里都是这样的！

只是温言从来没有想过，自己有一天竟然能在现实里见到这种情况。

唉，艺术真的是来源于生活啊。

而生活明显苦逼于艺术。

她有那么一点点同情他了。

“你弟弟很坏吧？”温言小心翼翼地试探着问，语气里的同情显而易见，“经常做一些需要你去善后的事情？但是你作为大哥呢，又不能跟他一般见识，只好自己把所有的事情都承担起来，对不对？”

江森眼皮一跳，刚想说什么。

“不用说话，”温言很是深沉地点了点头，“我都懂。”真可怜哪！

江森：“？”余教授到底跟你说了多少？

“但是吧！”温言叹了口气，一副语重心长的样子，“就算我相信你那天跟你的小助手没有发生什么，但是我还是想劝你一句，不要总是拈花惹草的，大家都是成年人了，按说我也不该去插手你的事情，但是吧，私生活不要太混乱！”

“那你觉得喜欢一个人会有什么表现？”

“啊？”温言一愣，没料到他忽然问起这种问题，脑子里有一万种想法掠过，“就……”

她说不上来了。

“温言？”

“嗯？”她下意识应了一声，“怎……”

话没说完，前边的黑影一顿，整个人忽地转过身来，她来不及反应，惯性作用差点扑上去。江森也没躲，反而略微俯身，两个人的距离一下子拉得很近。

她脚步一顿，却忘记躲开。

心脏跳得厉害，呼吸都急促起来。

她攥了攥手指，大脑一片混乱——

你你你……

我有一个危险的想法，你该不会是……喜欢我？

虽然我人见人爱花见花开，但是……

然后耳边有人似乎轻轻笑了一声。

“你看，”江森退回去，重新站得端正，像是确定了什么一样，“你也并不是柏拉图式爱情的信奉者。”

温言反应了一下，瞬间脸爆红。

所以自己刚才为什么没躲开啊，到底都在脑补些什么鬼？竟然还有那么一丢丢期待，脑子是拿去砸核桃了吗？还是被这个人渣施了什么蛊？

“所以，其实忍不住想要和对方更亲密一点，也是喜欢一个人的表现之一。”

江森直起身子，朝她看了一眼，一副正儿八经讲课的样子：“跟每个国家开不开放没有关系，爱和性本来就不可分。就像人活着需要空气呼吸，饿了需要吃饭一样，喜欢一个人就会想要和她亲近，这是动物的本能，更何况生物繁衍生息本来就是自然规律，爱也好，性也罢，客观一点来看，这都不是值得羞耻的事情，更没有必要躲避。

“我理解你们国家的委婉或者说是女孩子的矜持，但是不赞同你们逃避这种敏感话题的做法。”

温言正走神，只稀里糊涂地抓了些字眼听了个大概，好半天也没反应。

江森低头：“你觉得呢？”

又来了又来了！

温言刚降温的耳尖又开始发烫，但出于对黑暗的恐惧，她又不敢躲太远……对，肯定是因为太黑了。

刚刚没躲开也是这个原因。

天太黑了会影响大脑思考，大脑迟钝就会影响对肢体的支配。

没毛病！

“对对对，你说得对！”她一边给自己做思想工作，一边悄悄地按了按自己的小心脏，磕磕巴巴转移话题，“那个，你还回不回去了？学校马上要关门了！”

“所以，我不是人渣了吧？”

前边的人没应声，缩着脑袋尿兮兮遁走。

江森无声地笑了下。

嗯。

感觉今晚的谈话还是很有意义的。

6.

温言一路上都没再敢跟江森搭话，好不容易回到寝室，她冲进去抓住杯子仰头就灌了两大杯水。

“言言？”肉肉凑上来看了看她，然后在她身上闻了闻，犹疑道，“你……你脸这么红？不会把我们家江森拐去喝酒了吧？”

温言：“肉肉同学，请你注意用词，什么叫你们家江森。”

这次连夏絮都多看了温言两眼：“言言，言言，你放错重点了吧？”

温言愣了下，改口：“什么叫我拐他去喝酒了？”

“不正常！”方或眸光一闪，下结论，“有问题。”

“重点难道不应该是你们有没有去喝酒吗？”

“臣附议。”

“附议 +10086。”

……

温言：“……”

脑子真的坏掉了。

鉴定完毕。

温言也不想再去跟她们争论，想到小鱼和白墨闹的那些事情，朝小鱼的床铺方向看了看。

小鱼大概是睡着了，床上没什么动静，薄薄的空调被下边露出半边黑乎乎的脑袋。

夏絮见她有些担心，从游戏中抬头：“没事，别多想，他们已经处理好了。这件事跟你没什么关系，小鱼知道的，睡之前还特意跟你发了消息，你没收到吗？”

温言想到自己被劫持了一个晚上的手机，撇了撇嘴，这才从兜里摸出来，果然微信消息堆积了不少。

她不管三七二十一，直接先点开了小鱼的对话框。

小鱼：“言言对不起，白墨的事情不该把你也牵扯进来。”

小鱼：“我承认，我确实喜欢他。所以忍不住想要跟他走得近一点。这段时间以来，背着你们也偷偷和他联系了很多次。其实我也知道自己在做什么，就是一直舍不得放下，总觉得他可能不是真的坏，我再努力一把，还是能改变他，两个人也还有可能好好在一起。”

小鱼：“现在是真的想明白了，这种事情不是一个人就有用的，一时的心软只会拉长痛苦的战线。”

温言叹了口气，目光却落在那句“我确实喜欢他，所以忍不住想要跟他走得更近一点”上，脑海里浮现江森那张脸。

瞬间，她又有些恍惚。

是这样的吗？

“哇！”肉肉一颗脑袋挤过来，往屏幕上瞄了两眼，再看了看温言，“不是，小鱼到底跟你说了什么？你的脸怎么都红成猴屁股了？”

温言收了手机没给她看。

“啊，我知道了！”肉肉一脸惊恐，“该不是小鱼其实一直喜欢的人是你吧？跟你告白啦？”

温言翻白眼：“肉肉同学，你的戏太多了。”

她一把劈开肉肉，然后往下看，最后一条。

小鱼：“别担心，我说这些是真心的，你不要有心理负担，我先睡啦，八个小时后起床还是一条好汉，下次请你吃好吃哒！”

她看了看睡得正香的小鱼，松了口气，然后回了句“晚安”。

她刚准备按掉手机上床睡觉，屏幕亮了下，有消息弹出来。

玉皇大帝：“小翻译，兔老师说下节课有测试，别忘了你的工作！“

温言看到“兔老师”，没忍住“扑哧”一声笑出来。

这人怕真是个傻子吧？

她私下里一直喊“秃头”教授，所以江森就真的一直以为他姓“兔”，真不知道老秃头有一天知道自己被洋爱徒起了个这么软萌的爱称之后会是什么反应，哈哈哈！

正想着，手机一振。

玉皇大帝：“晚安。”

温言没来由地就想到晚上他靠过来的那一幕，手一抖，差点儿丢了手机。

这个人真的有毒！

太可怕了！

珍爱生命，远离江森。

温言也没回消息，把手机丢得老远，一骨碌起来打算爬回床上去睡觉。

夏絮正打着游戏，听到声音草草看了温言一眼，也没分出心来搭话。

她最近遇到一个叫“无敌”的神坑队友，语音总爱用个变声器不说，还咬字不清语序颠倒，十有八九是心智不全的小学生。

不过嘛，毕竟是祖国的小花朵小杂草的，又一口一个“大佬”地喊她，她也不好意思总爆粗口，就勉强答应跟他一起开几把游戏。

结果呢，他明明说不清楚话还总爱装，动不动就扬言要单杀对面五个人，结果说完话就被秒死，简直花式送人头。

然后各种卖萌打滚装可怜求她替他报仇。

人不狠废话还多。

夏絮对着麦“呸”了他一句，但手下动作还是很利索地冲上阵杀敌。

身后突然“咚”的一声。

吓得肉肉手里的鸭脖都掉了，她回头刚好看见温言龇牙咧嘴抱着脑袋的模样。

温言到底是怎么做到忽视掉那么大一张桌子，把自己脑袋准确无误地撞上去的？

夏絮僵着嘴角打了个哆嗦。

就这么一走神的工夫，耳机里传来一阵击杀音效，然后——

Defeat！（失败！）

夏絮：“……”

一个两个的，今晚都去见了鬼了吧？

/第四章/

以后最好别让我看见你，
不然我见你一次打你一次！

1.

第二天，温言起了个大早直奔图书馆。

嗯，毕竟小翻译的工作还是要跟进跟进的……呃，好吧，是因为昨晚她的表现实在太过失常了，虽然她把这些归咎于江森这个人自带毒性，但是毒性总是要克服克服的，最好的办法就是，多见这个毒物几次，以毒攻毒产生抗体，才不会随随便便就搞什么心率失常。

这么想着，她就理直气壮地加快了脚步。

好在她的小徒弟也还算勤奋，老早就等在了图书馆大楼下。

早上刚冒头的太阳还不是很热，他半边身子笼在树荫下，半边映着阳光，蓝色的眼睛漂亮又清亮，五官越发深邃，整个人看上去挺拔又高挑。

不经意间就跟周围的世界隔了开来，有种异于其他所有人的特殊气场。

有经过的小学妹忍不住悄悄打量。

温言走过去的时候，他才抬起头冲她笑了下。

他笑起来的时候，嘴角很自然地上扬，眼底的深沉情绪全部散去，透出独属于少年的阳光气息，让周围人的情绪都跟着被传染，变得明朗起来。

温言不动声色地摸了摸自己的小心脏，低头训它："老实点！再跳我就把你拿出来煮了吃了！"

好像……哪里不太对？

算了不管了。

"你在干什么？"江森见她皱着眉头小声咕哝，一脸好奇地问。

"没事！"温言"噌"地退后好远，跟他保持绝对的距离，盯着他嘴角的笑意，神色有几分不自然。

顿了顿，她才清清嗓子，无比严肃地咳了两声，开始一本正经地胡扯："笑什么笑？你今天是来学习的，严肃点，这是对古老文化的尊重，亵渎了文化知道什么后果吗？听说过图书馆灵异事件吗？风水，知道吗？我们中国的讲究多着呢告诉你！"

江森："？"

江森抽了抽嘴角："哦。"

大概是因为太早的缘故，图书馆里人不是很多，温言随便找了个座位坐下来，然后翻出课本打算先挑篇简单的古文，给他讲点文言文的基本知识。

讲什么好呢？

她正想着要不要征求下当事人的意见，江森已经直接把书拿过来打开了，随便找了一篇："都可以啊，反正我……都不会。"

温言："……"

最后，选定了一篇相对来说短一点的《氓》。

为了防止出现之前把"越王勾践栖于会稽之上"理解成"国王用钩子钩鱼鳍"这种情况，她直接先把所有生僻字的读音给他教了一遍，然后去解释整篇文的大意。

结果这家伙思维太发散，立马就有问题了——

"这篇文有问题。"

温言："？"

"这个女孩子为什么要把自己嫁给一个流氓？"

温言："……"

"不是流氓啊大哥，不是说了吗？这是氓！Meng！跟我读'm'–'eng'–'meng'！本意是外来之民，在这是指从远处过来的人，指男子，在这里就是指……A simple fellow（一个老实的家伙）……Understand？（明白吗？）"

“哦。”

“Brought cloth to exchange thread（带了布来交换），他其实也不是真的为了交易，是为了……呃，He is talking about marriage with this girl……（他是来跟这个女孩说结婚的事情的……）”

……

“好复杂的样子。”江森摇了摇头，听完之后又问，“既然两个人相处不好，为什么这个女人不选择离婚？”

“……”

他总能成功地把话题偏到别的地方去，而且对于中国古代的很多东西根本不能理解。

所以，你一个外国人好端端的到底为什么要来学这些东西？

讲了半个小时之后，温言都还没有回答完他的那些个表面问题，她没什么耐心了，一时激动“啪”地拍了把桌子：“总而言之，你只要知道，这就是一个痴情女和一个负心汉的故事就是了！主旨就是‘男人都是骗子’！”

江森：“？”

周围不少人纷纷侧目朝他们这边看过来，还有人一脸八卦地摸着手机偷偷拍照片。

果然！

瘟神还是那个瘟神！

昨晚的心跳都是一时空虚寂寞导致大脑瘫痪产生的错觉！

“学……学姐？”

不远处穿墨绿色短袖的小学弟闻声，眼睛一亮，他冲着温言招了招手，加快步子跑过来，结果看到她旁边被书架挡住的江森，表情顿时僵了那么一点点，犹豫了下，还是试探着问道：“温学姐，现在有时间吗？那个……我刚刚去找过你，夏絮学姐说你来图书馆了。”

然后跟来图书馆，但是没料想学姐是跟着C大的网红洋男神一起过来的。

他迟疑了一下，犹豫道：“学姐方便出来一下吗？我想跟你说两句话。”

这话一出，温言就猜到他要说什么。

她记得这个小学弟，之前总去她教室蹭课帮她占座位来着，他长着一张娃娃脸，说话的时候温温和和，总让人想到自己没长大的弟弟。

但是……这依然不能阻止她发“好人卡”。

温言刚想婉拒，余光瞥见正假装低头认真看书，但事实上已经抻长了耳朵偷听的江森。

她想了想，到了嘴边的拒绝，鬼使神差地就变成了“好”。

江森神色一凛。

他来C大这么久，别的学得不算透彻，但是在男女生交往这一方面还是学到了不少。

他尤其不喜欢绿色，现在看到这个穿绿色衣服的男生。

嗯，是很讨厌了。

“萧祖宗。”他忽然站起来，举着手里的书一本正经地凑过去，不动声色地将两个人隔开，“你刚才说这个讲的是什么来着？”

温言：“……”你是只有七秒钟记忆的鱼吗？

不对，你喊什么呢？名字的事儿不是都已经翻篇了吗？

“哦，我想起来了。”他学着温言平时的样子，猛地一拍脑门儿，恍然大悟，“男人都是骗子！”

说到这里，他还装模作样地看了眼认真等着温言的小学弟。

小男生被他这一眼扫得浑身鸡皮疙瘩，半天红着脸解释：“不是的，学姐，我……”

“总角之宴，言笑晏晏，信誓旦旦，不思其反。”他挑了挑眉，“我又忘了？你再讲一遍？”

温言：“……”

学弟：“那个，学姐，那我先走了，下次有时间再聊？”

江森倒是挺热情地挥了挥手，笑得一脸人畜无害：“拜拜！”

变态！

温言白了他一眼。

看着学弟蔫兮兮离开的背影，她心里突然充满负罪感，她也没再管江森复不复习的事情了，低头趴桌上玩手机，戳开603寝室群，噼里啪啦敲了半天：

温小言言：“我今天捡到了一枚桃花，乖巧温顺单纯小学弟。”

社会你絮哥：“做人不能太贪心，你懂我的意思吧？”

肉肉爱吃肉肉：“乖巧小学弟国家包分配吗？”

温小言言：“然而，桃花被人无情地砍了。”

小鱼鱼鱼：“哈哈哈！”

社会你絮哥：“哈哈哈！”

肉肉爱吃肉肉：“哈哈哈！”

方或今天背单词了吗：“哈哈哈！”

肉肉爱吃肉肉：“闻到了狗粮的齁臭味！”

社会你絮哥：“闻到了恋爱的腐臭味！”

小鱼鱼鱼：“闻到了醋坛子打翻的酸臭味！”

方或今天背单词了吗：“闻到了多巴胺的臭臭味！”

……

温言：“我选择沉默。”

这群人都有毒吧！

2.

两个人勤奋好学了一早上，从图书馆出来的时候已经快十二点，江森迈着长腿很自然地往二号餐厅走去，半天见身后没动静，回头看了温言一眼，还抛了句新学的话：“吃饭不积极，脑子有问题！”

他指了指她的脑袋。

温言：“……”怎么尽学些乱七八糟的东西。

她翻了个白眼，刚想怼他两句，一抬头看见他捏在手里冲她晃的饭卡，以及一张明晃晃的笑脸。

“走吧，”江森心情莫名不错，两三下帮她把东西都塞进书包里，拎着就往前走，“小师父，为了报答你早上帮我复习，我中午请你吃饭。”

嗯。

有便宜不占王八蛋。

温言想也没想，抬脚就跟了上去。

“学……学长？”

他们刚进了餐厅，从转角处的楼梯口跑下来一个小女生，她看到江森的瞬间两眼放光，立马扑过来：“好巧哦。”

短发萝莉音。

温言记得她。

陈沅。

是上次送电影票的那个娃娃衫萌妹子。

“最近都没怎么见过学长啦！”

就在温言出神的时候，萌妹子已经过来自来熟地挽上江森的手臂，语气亲昵：“学长一起吃饭好不好？我请你？今天晚上有新电影上映，一起去看啦？”

又是电影？

你家是开电影院的啊？

温言嘴角抽了抽，侧过头去看江森。

他也正看向温言，两个人目光相对，有那么一瞬间的尴尬以及不自在。

陈沅却根本没留意，说着话就往江森脸上贴："学长，我……"

你什么你？拉拉扯扯的成何体统！

身体比大脑反应更快，温言"哎哟"一声，踉跄两步刚好横在两个人中间，眉头一皱："不好意思我扭到脚了。"一副"不好意思打扰你们了但是我真的是不小心"的样子。

陈沅一脸不爽，咬牙恨恨地看着温言，还不忘挤出点委屈巴巴的样子看了眼江森，解释道："学长，我只是想跟你打个招呼而已，听说你们那边好朋友之间都是贴面礼，也想着这样的话更亲切点……"

江森动了动嘴唇："我们……"不流行贴面礼啊。

陈沅扭头，目光重新落回温言脸上，毫不留情地拆穿她："学姐，你这反应是不是有点过分啊？再说了，你又不是他女……"

江森刚想接话。

"不是什么？"温言抢先开口，脸不红心不跳，"你也说了，贴面礼是好朋友之间的。学妹啊，据我所知，你们还谈不上'好朋友'这种关系吧？再者说，帛莱可不流行贴面礼，更何况，这里是中国。所谓入乡随俗，不要总想着搞这些有的没的？"

陈沅被噎住，脸上红一阵白一阵的，看了看温言，再看了看江森，等着他替自己说话。

江森从温言脸上收回视线，忍着笑，看着萌妹子，然后默默地点了点头，示认同。

萌妹子芳心瞬间碎了一地，一咬牙气呼呼地扭头就走。

温言背对着江森，根本没看到他的反应，只觉得心里十分爽快，然后回头得意地看了他一眼。

让你挡我桃花运！

风水轮流转！

来啊，互相伤害啊！谁怕谁！

然而，她没想到，事情会发酵。

当晚。

C大八卦的发源以及流传圣地——贴吧里，冒出了火爆度直接碾压江森盛世美颜的那条帖子——

“震惊！C大校草级异域小哥哥恋情曝光，没想到竟然是她……”

温言在一群室友的八卦炮轰之下打开贴吧，一眼就看到这个。

“恕在下直言！”她一边扒拉手机一边吐槽，“这些人就是吃饱了闲的！成天震惊震惊的，怎么没被吓死呢！”

再往下看，她就笑不出来了。

楼主先是跟说书的似的，讲述了下自己和江森相识的全过程，不过据温言推测，这段话里十句有九句半都是编的。

原因很简单，因为他说的好多事情时间线都对不上，当时主角江森明明跟自己在一起，他又没有分身术！

温言不屑地撇了撇嘴。

之后，楼主又自爆自己是江森的小迷妹，几次去找男神，都撞到他跟同一个妹子出双入对，什么举止亲昵，柔情似水，百般维护……

为了证明自己的言论，接下来爆几张图镇帖。

温言看了几眼，发现她虽然满口都是胡诌的谎话，但后边的照片都是实打实的拍摄原图。

主角毫无疑问是江森。

他跟女主角并肩散步……

他单手抱起女主角……

他帮女主角拎包……

两个人谈话对视……

一起吃饭……

而这个所谓“恋情曝光”的同框女主角……无一例外都是温言。

好在大多数都是背影。

楼主美其名曰保护当事人隐私，虽然自己很喜欢江森，发现了他的恋情也很伤心，但是还是尊重男神的选择希望他能幸福开心吧啦吧啦……

话说得漂亮。

但如果真的要保护别人隐私，什么希望男神开心的话，还会拍这么多照片又放到网上来鬼扯这么多吗？

呵呵。

温言隔着屏幕对这种心机白莲花表示鄙视。

再下边是各种吧友的讨论：

哎呀呀是馅饼呀：“楼主认识照片里这位小姐姐吗？”

peter：“楼主鬼扯吧，看背影就知道这妹子长得不咋滴，怎么可能是男神女朋友？”

天才加：“楼上怎么说话呢啊？我反手就是……一个小心心，你说得对！”

抱歉让让我要开始装逼了:“有人认识小姐姐吗？爆个正面照呗，我不怕吓的！”

……

其中一条被人狂轰滥炸的回帖引起了她的注意。

窝才是帛莱王子：“江森是垃圾。”

下边吐槽和骂他的人简直排了一大队。

呃……

江森怕是抢了这哥们儿的女朋友吧？

温言扫了一眼，然后暗戳戳地点了回帖，本来想附和他一句，想了下又作罢，继续往下翻。

她粗略浏览估算了一下，下边至少有百分之七十的回帖都是在正面侧面打探怀疑以及吐槽女主角的颜值。

酸气溢出屏幕。

楼主估计就是想看到这种效果吧？可解气了吧？

也就这点小心思了！

幼稚！

温言懒得再去搭理这些人，她按掉手机，翻身从椅子上下来，迎面撞上室友们一致的质问表情。

肉肉直接问了出来：“温言言，老实交代，贴吧里说的是不是真的？”

温言露出极为不屑的笑容，口是心非：“你们脑子都被吧友拿去灌水了吧？跟他？我瞎吗？”

室友：“……”

“这很明显是鬼扯好吧？”她笑了一声，像是为了掩饰什么，还刻意拔高了音量，“放在娱乐圈里就叫炒作！嘿，没想到我万年不出面，唯一一次露个背影还火遍C大，啧啧啧，这大概就是传说中的热搜体质！放娱乐圈里我要大火啊！”

室友：“……”

“走！”她一把钩起夏絮，将人往外带，“絮哥，跟我出去买个夜宵吃吃！”

夏絮：“你心还真大！”

3.

要说C大除了高等学府的名声在外以外，还有它后门外的一条小吃街火遍半个中国，一度窜红网络，被评为来C市不得不去的街区之一。

尤其晚上最热闹。

水果摊的吆喝声，学生们三五成群的笑闹声，还有些老头老太太牵着狗溜达时放的咿咿呀呀戏曲声……

最具人间烟火气息。

特别是夏季的夜风一吹，满街道都是各种小吃的味道，更是勾得人心痒痒。

两个人往外走，温言吸了吸鼻子，忽然想到自己上次故意捣鬼祸害江森吃的那顿变态火锅，没忍住“啧”了一声。

夏絮古怪地瞥了她一眼，她“嘿嘿”笑了声也没解释。

说起来，自己还没有好好带“玉皇大帝”正儿八经吃点好吃的呢。

毕竟是自己的小徒弟。

下次带那家伙来后街这里好了，还有东安路的烤鱼，朝阳街的变脸主题餐厅，还有……

正想着，兜里电话响起来。

她扫了一眼来电显示，忽然不自觉弯了弯嘴角，心情没来由地有点好。

果然是我的小徒弟，心有灵犀啊！

嘿嘿嘿。

她按了接听：“喂？”

“你这周末有时间吗？”江森隔着电话，声音里带着点隐隐的期待，“一起出去吗？”

温言心跳忽然漏了一拍，不知道想了些什么：“有啊。”

“那我们去……”

她脑子一抽，几乎脱口而出：“Date？（约会？）”

与此同时，电话那边：“兼职。”

两个人同时开口。

温言：“……”

电话那边似乎突然溢出了很轻的一声笑，混合着窸窸窣窣的衣料摩擦的声音，仿佛就贴在她耳边一样。

她忽然羞愤难当，想就地爆炸掉——自己都在想些什么鬼啊我的妈！

偏偏江森不知道是不是有意的，还又再追问了一句：“抱歉我没听清楚，你刚刚说什么？”

“我……”温言摸着发烫的脸颊，看了看正一脸好笑地盯着她的夏絮，结结巴巴道，“我没……没说什么，我刚刚不是在跟你说话。”

“哦，这样啊。”

又是一声轻笑。

温言实在忍不住想挂电话了，好在那边及时越过了这个话题，没再深究：“猴子他们说周末去做群演，听上去很有意思的样子，所以我向你发出诚挚的邀请。”

“好吧，好吧。”温言心思不在这里，根本都没听清楚他说的什么，直接应着，“到时候你再喊我，没什么事情的话我挂了啊？”

“嗯。”对方沉默了一下，然后声音里染了点笑意，又补上一句，“至于你说的别的，我下次考虑一下。”

“嘟”的一声，温言手忙脚乱地挂断电话。

另一边，301 寝室里。

猴子从电脑里抬头，对着江森笑得一脸奸诈：“女朋友啊？”

说不羡慕嫉妒恨是假的，他们整个 301 寝室四个人，上了两年大学，单了二十年的身，这个外国大兄弟才来没几个月，妹子一大把一大把地往门上送。

不得不说，老天不公啊！

“哎，我说老江啊！”大象从床底下拖出一盒宝贝，神秘兮兮地放桌上，“资源共享互帮互助。你传授传授我们些秘籍，或者干脆直接介绍妹子给我们也行，我教你打麻将怎么样？国粹呢！”

“闭嘴吧你！”猴子腿上一用力，坐在椅子上往后滑了一段距离，拍了大象一掌，“别打断我说话！”

他把腿上的笔记本电脑转过来对着江森：“大兄弟！来瞧瞧瞧瞧？贴吧里都炸了，说你有女朋友啦，我看着这妹子的背影怎么这么像我温女神呢？”

他可是温言的小迷弟一个，奈何明的暗的各种追，也没能让女神松口。两年下来，他也彻底看透了，给自己找了个借口——不是自己魅力不够大，而是因为女神嘛！不动凡心。

只可远观不可亵玩。

他也算是想明白了，决定化身为护花使者，有事没事就去刷刷女神的微博，了解了解她的动态。

反正他没追到手，也没有别人追到手，至少他心理还是平衡的。

直到寝室这哥们儿出现，他还真是有了那么一丢丢危机感。

“到底是不是啊？”他眼巴巴地看着江森，“话筒交给你，快点，给你一个澄清解释的机会。”

江森端着杯子喝了口水，垂眸扫了眼屏幕，笑了下没说话。

“不是，大兄弟，是就是，不是就不是，您倒是吭个气啊，”猴子急乎乎的，“您这是个啥反应啊？”

江森把玩着桌上的麻将，挑着嘴角：“还不是。”

“吧嗒”一声。

猴子手里的无线鼠标掉地上了，随之一起掉下去的，是他那颗纯纯的少男心。

很明显，“还不是”的意思就是“暂时不是但是以后会是”，就算以后不是，凭借这兄弟的颜值人品财力物力，早晚也得是，反正死活是轮不到他出场了。

他撇着嘴，一脸生无可恋。

所以……他为什么还要作死地给抢了自己女神的男人介绍工作呢?

他为自己默哀三分钟。

挂断电话的温言决定化尴尬为食欲，于是拖着夏絮扫荡了半条街，回来的时候已经是大丰收。左手一盒关东煮，右手一只烤片鸭，心情瞬间很美丽。

两个人边吃边说话往学校里走，经过大门的时候，猛地被人撞得一个踉跄。

她们还没来得及看清人影，先是一股浓重的酒气钻进鼻腔。

醉鬼啊！

夏絮扯着温言稳住身形，保安从旁边追过来，一把将人拽住往后拖："干什么干什么？刚刚都跟你说了，没有学生证不能进去！你是我们C大的学生吗？"

"来子不是！"

醉醺醺的样子。

温言猜到应该是想说"老子不是"。

夏絮听到声音，拧巴着眉头回过身看了醉鬼一眼。

路灯昏黄，将醉鬼的身影拉得很长，他穿着件宽宽松松的白色T恤，棕黄色的头发在灯光下显得毛茸茸的，碧蓝色的眼睛格外引人注意。

此刻，醉鬼正眯着眼睛直盯着保安："You'd better let……"（你最好……）

他似乎想了想，又切换了语言系统："方窝进去！"（放我进去）

啧。

这熟悉的"两毛钱"中文。

温言和夏絮都是一愣。

温言觉得这个人有点眼熟，夏絮则是想到了最近在游戏里带的那个说话说不利索的“小学生”。

一样的配方，一样的味道！

三秒钟之后，两个人交换了个眼神，终于想起了同一件事情——

棉花糖！

那天，在酒吧门口见过的那个舔小朋友棉花糖的外国人！

“保安大叔！”夏絮冲旁边的保安喊了一声。

林措以为她要打招呼带自己进去，立马抬眼看着她，喝多了酒的他突然安静下来，一双蓝色的眼睛亮晶晶的，难得看上去有点乖巧。

“这个人我见过，”夏絮扫了他一眼，扭头继续对着保安说，“品行很差，连小朋友都欺负，千万别放他进去！”

看上去乖巧又怎么样，依然掩盖不了你猥琐的灵魂，依然不能阻止我替天行道。

她临走时还胡乱揉了一把他的黄毛，然后拔腿就撤。

林措：“……”中文水平允许的话，他真想爆个粗口。

林措被保安拦着追不过去，只好退而求其次摸出手机给保安看通讯录：“江森！泥看，我油他的电话！”（江森！你看，我有他的电话！）

“OK，OK，OK！窝不仅去了，”他醉着步子，讲话含混不清，“泥嚷——他楚来！窝会赏赐泥的！”（我不进去了，你让他出来，我会赏赐你的！）

啥玩意儿？

瓷泥土？

保安一脸蒙地想了想，然后皱了皱眉，将他往外推了两把：有毛病吧？

林措来中国已经不止一次被这样对待了。

他的暴脾气说来就来，一把推开保安往大门上贴，扯着嗓子：“江森！ Get back！（回来！）”

“江森！垃圾鬼！”

“江森，窝会让泥后悔的，如果泥不楚来的话！”（江森，我会让你后悔的，如果你不出来的话。）

……

他不顾保安的劝阻可劲儿撒酒疯。

他心里可不舒服了。

来中国这么久，他每天都要听着乔治的各种催促，偷偷摸摸打探哥哥的行踪不说，还要学习那些烦人的中文应付考试和交际。

可是哥哥呢？

他想到今天看到的关于他恋爱的消息。

江森倒过得很好，事业、泡妞两不误。

他心理特别不平衡。

还有一点，如果他真的跟照片里那个女人有点什么，他有了妻子就会一心扑在她身上，他再也不会第一时间给自己善后了，在哥哥心里的重要程度也会降低。

当然，他才不会承认自己是因为第二点才不爽。

“江森！”

4.

温言刚进了大门，仔细听了几遍，确认门外那个醉鬼嘴里喊的是江森，顿了顿步子，然后重新走了出去。

夏絮跟在她身后：“哎哎哎，小言言你干什么去？”

根本来不及阻止，温言已经闪现到了醉鬼身边。

“你找江森？”

林措看着去而复返的女生，先是怔了一下，然后打了个酒嗝：“是！泥最好喊他楚来！”（是！你最好喊他出来！）

他往后退了几步上下打量她，然后嘴角一扯，抱住旁边的一棵树傻笑：“窝酒不高收你！”（我就不告诉你！）

呃……

醉鬼都是神经病！

温言也就是随口一问，见他这么个反应，说了句“算了”，然后就往学校走。

“HeyHeyHey!”（嘿！嘿！嘿！）

后边又有脚步声追上来，醉鬼大喊："Drink……"（喝酒……）

"Do……Do you like to have a drink with me?"（你要不要跟我喝一杯啊？）

"I'll ……buy you a drink!"（我请你喝酒！）

林措见温言要走，又立马追过去扯住她的衣角，口齿不清地喊着要请她喝酒。

保安眼见着他要跟进去，立马冲过来抓着人往外丢。

醉醺醺的家伙忽然敛了平日里的乖张气焰，被人揪着衣领往外拖，看上去有些可怜巴巴的样子。

温言叹了口气，示意保安松手，自己在旁边的售卖机上买了瓶矿泉水，然后走过去，豪气地一挥手："来，姐姐请你喝酒！'农夫山泉'牌佳酿，你肯定没喝过，来试试！"

……

半个小时后。

夏絮就看着温大忽悠成功拐骗了个外国人。

温言这才得知，"棉花糖"在贴吧上刷到了江森恋爱的消息，这才过来找事。

幸亏不知道绯闻事件女主就是她，不然，这弟弟非得分分钟拍死她不可！

看着五大三粗皮糙肉厚的，怎么还是个哥控呢？

林措抱着温言一把鼻涕一把泪地说了很多和哥哥之间的事情，什么父母只看重哥哥啊，自己没有存在感啊，哥哥明明什么都很优秀还要和自己争啊，成日里训斥他啊……以及自己如何反击给哥哥捣乱的事情。

啧，口是心非的男人！

嘴上说的很讨厌哥哥，说起两个人的琐事倒是很欢快嘛！

温言一边给怀里的巨型宝宝擦眼泪，一边感叹着：贵圈真乱！

果然，豪门恩怨情仇都要比一般人家多很多。

她也进一步确认了自己之前对江森身世的揣测——他一定是豪门见不得光的私生子，所以才被偷偷送来中国。

啧，真可怜。

“姐姐，”林措皱着眉头起身，“窝想……”（我想……）

话没说完，夏絮先烦了，过去一把钩住人的脖子：“小醉鬼，你还想干啥啊，这都几点了，你话怎么这么多烦不烦啊！”

林措被她钩得一个踉跄，虚浮着步子忽然“嘿嘿”一笑，似乎认错了人：“大……大佬！窝……窝想……”（我……我想……）

夏絮听到这个熟悉的称呼，忽地一怔。

“呜哇——”

下一秒，她脚上一重，然后是温热潮湿的触感。

肇事者说完刚刚没说完的话：“吐。”

温言：“！”

她看了看夏絮满是污秽的鞋子，再看了看夏絮崩裂的表情，心里只有俩字：完了！

这姐姐一向视鞋如命。

果然，夏絮“啊”地号了一声，一把推开林措，单脚就差原地蹦起来：“你是不是想死！”

林措不察，被她推得整个人半坐在地上，见她这么大反应，大脑一时反应不过来，一脸茫然地看着她。

“我……”夏絮气急败坏地往四周看了看，找不到称手的凶器，半晌从包里摸出支口红，过去就拽着他的T恤，“你要是敢动我弄死你！”

林措一脸乖巧。

半分钟后，他的白色T恤前后各出现了一只巨大无比的红色乌龟，旁边附一行字：

我就是我，颜色不一样的烟火。

夏絮画完还没撒够气，一把把自己脏了的鞋子脱下来塞进他怀里：“你今晚为它超度，要是敢睡着我弄死你！”

林措稀里糊涂地搂着一只鞋子，憨笑一声，难得字正腔圆应道：“好——的！”

温言生怕再这么待下去，这个小弟弟会被絮哥搞疯，于是火急火燎地拦了辆出租车，把林措塞了进去，再给他怀里丢了瓶“农夫山泉”牌佳酿：“乖啊，师父带你去喝酒，听话！”

然后，她报了地名，多给了出租车师傅一百块钱，嘱咐他把这个醉鬼送进门。

直到车子启动离开。

夏絮还不忘光着脚丫子朝那个方向恨恨地踹了两脚，很社会地喊道："以后最好别让我看见你，不然我见你一次打你一次！"

/第五章/

说好一生一起走，
谁先脱单谁是狗！

1.

周末是个好天气。

太阳高照，天朗气清，真的很适合窝在寝室里睡个懒觉。

可温言一大早就被电话吵醒，她稀里糊涂翻了个身在枕头下摸到手机，按了接听键。

“你收拾好了吗？”

温言哼唧了一声摇了摇头。

“说好周末去做兼职的，我已经在你楼下了，快下来！”

温言继续不情不愿地哼唧。

兼什么职啊，我已经在做烦人的小翻译了还不够吗?

懒觉当前，她下意识就想食言拒绝他，然后——

哎，等等！

她忽然清醒过来，脑子里蹦出几个关键词：

小翻译、豪门、私生子！

也难怪他要一大早去做兼职！

大概在经济上也有很多难言之隐吧？

“好，你等下，我马上下去！”她一骨碌从床上爬起来，“给我五分钟！”

早起背单词的方或抬眼：“起这么早？要来和我共享精神食粮吗？”

“嘿嘿嘿！”温言按掉手机，飞速地换着衣服，“不了。”

然后，她在方或古怪又略带八卦的眼神中迅速洗漱完，拎着包就往楼下跑。

C市邻近中国最大的影视拍摄基地，郊区山清水秀，风景很不错，又有一大片上好的竹林，经常被用来拍摄MV或者一些古装剧的场景，后来索性再建了一些仿古建筑，一来可以出租场地用于拍摄，二来也可以供游客订房休息。

这样也小小地带动了一把这里的经济发展。

而这些特色也是猴子当时拐江森过来的借口之一。

温言带着江森坐上大巴，摇摇晃晃一路。她睡得稀里糊涂，江森倒是精神很好，沿途看了一路风景……以及拍了一路温言诡异而丰富的睡姿。

她睡着的时候，整个人显得安静又乖巧，完全没了平日里风风火火的模样。

他伸手轻轻地将她的脑袋扶在自己的肩膀上。

车子颠簸，过去大概需要一个小时，他闲来无事，把昨晚室友给他看的帖子重新翻出来，滑开照片挨个看了一遍，嘴角的笑意渐渐深邃，然后按着屏幕点了保存。

想了想。

他侧过身子，打开相机。

“咔嚓”一声细微的声响。

照片里女孩子歪着脑袋靠在他的肩膀上，正睡得酣香。

他心情没来由地又好了很多。

他摆弄了会儿手机，忽然生出来一点别的小想法，然后小心翼翼地别过头，趁她熟睡，悄悄扯着她的耳朵、鼻子，拍了好一阵古怪照片。

这还不够，他又暗戳戳地打开矿泉水瓶子，往肩膀上洒了一点点水渍。

很好，很完美。

等到了目的地时，司机猛地一脚急刹车，温言被吓得清醒过来。刚刚睁开眼睛，就感觉到嘴边的湿润触感，这才发现自己不知道什么时候已经靠在了人家的肩膀上。

她……睡觉真这么不老实吗？

这都不是重点，重点是她余光瞥到了什么？

他的T恤上暗了一小块，很明显的一小块水渍。

口……口水吗？

她不动声色地抹了抹嘴角，故作镇定地咳了咳，然后假装根本没看到这些，背上包就往外跑。

江森不急不缓地起身，下了车两三步就追了过去，掸了掸自己的肩膀处，颇有暗示意味：“听说你挺会洗衣服的……”

温言：“……”

“听说你挺会抬杠的，”她立马打断，白了他一眼，“你怎么不去工地？”

江森：“……”

这都什么逻辑？

猴子、大象他们一早就到了。

这会儿见江森带温言过来，猴子整个人都震惊了：“这……”他捏着手里没啃完的包子，“这什么情况啊，老江，别告诉我这是真的。”

那个暂时“还不是”他女朋友的准女朋友……真的是他的温女神？

温言还惦记着口水的事儿，跟江森保持着绝对的距离，然后往猴子那边走过去，笑着跟几个人打了招呼：“早！”

“早早早！”猴子看看江森，再看看温言，“早早早！”

“你为什么背上小书包？”大象冲他脑门儿上拍了一掌，“干活了干活了！”

猴子不死心地盯着江森：“你还没告诉我这什么情况啊？”

“嗯。”江森毫不留情地踩了脚他的少男心，“就是你想的那种情况。”

温言：“？”

“那你肩膀上那个！”猴子悄悄扫了眼温言，目光移到江森肩膀下方的一小块水渍，“是什么？”

“我睡着了。”江森不动声色地看了看温言，语气坦然又正经，“流的口水。”

温言很明显地脸红了一下，一不留神平地上给自己拐了一下。

猴子：“！”谁自己能把口水流到自己胳肢窝去？

他余光瞥到温言的动静，这才反应过来，不对，这是在变相跟他证实什么！

想了半分钟，猴子忽然捂着脸“呜呜呜”地跑开了。

温言：“？”

兄弟情现场崩裂？

江森你还真是谁都不放过，真是个人渣啊！

2.

今天要在竹林里拍的是几场打斗戏。

这部剧带有点玄幻色彩，主剧情是江湖各派之间的恩怨情仇。天下风云骤变之时，懦弱皇帝携宠妃逃窜至竹林，只露了个背影便被反派杀死，由此拉开故事的帷幕。

猴子他们就负责演反派手下的那帮蒙面杀手。

工作其实很简单，换身黑衣服蒙着脸拎个大刀跟着“老大”跑一圈，连脸都不用露的那种，剩下的就交给反派男 N 飙两句台词，一刀过去，“狗皇帝丧命”就可以了。

温言扮演那个打酱油的“祸国妖妃”。

虽然是不露脸的妖妃，但她心里还是美滋滋的，就是不知道跟她一起的狗皇帝长啥样。

她换了衣服，一边甩着袖子自我欣赏一边往外走，迎面就撞上刚把龙袍递到江森手上的一个小姐姐。

温言：“？”

等等等等！

虽然我理解你可能是色欲熏心图上他的颜所以给他一个好差事，但是！作为一部中国古装剧，你让一个外国人来演皇帝……是不是有点太不走心了啊？

江森认真听完工作人员的叮嘱，然后拎着衣服走过来，经过温言身边的时候，还特意俯身模仿着剧情里边的动作，摸了把她的头发，戏谑道：“爱妃！”

温言瞬间脸爆红，咳了声，仰头脱口而出：“狗皇帝！”

江森眼底的笑意更深，转身直接进去换衣服。

不得不说，这家伙长得真的很好看。

在温言甩着袖子和猴子他们唱大戏的时候，一回头就看到一身龙袍走出来的江森，她脑袋里就只有那一个想法了。

他个子很高，戴着黑色的假发带，因为不露脸的缘故所以没有化妆。

可即便这样，也把一套黄色的龙袍穿出了潇洒肆意的感觉，竟然没有太多违和感，他皮肤很白，蓝眼高鼻，反倒多了几分仙侠剧里的神祇味道。

江森留意到这边的目光，抬眼看过来，冲她笑了下。

温言偷瞄被抓包，老脸一热，收回视线立马别过头去装作和猴子他们说话。

“准备！”

工作人员招呼着所有群演就位。

江森走过来朝她伸手，温言脸上的温度还没褪下去，脑子里不知道在想什么，下意识就心虚地往后退了一步。

“温……”江森刚想开口解释。

“喂喂喂！干吗呢干吗呢你们？”戴着麦克风的现场人员冲他们这边喊，“皇上你赶紧牵着你的宠妃过去就位啊，妖妃你愣那儿是等着人过去抬你侍寝呢？”

温言这才反应过来，红着脸主动把手递过去。

江森瞥了眼她泛红的耳尖，手上加了点力道，声音里染了笑意，轻声道：“爱妃啊，等会儿跟紧朕！”

温言心里又“咚”了一下，她耳尖一热，只好干巴巴地咳了一声：“看着点路！”

嘿，小样儿，还知道“朕”，学得还挺快！

戏份并不复杂。

一声“Action”之后，皇帝和妖妃就开始跑，同时猴子那帮反派黑衣人也追过来，男N飙完台词。

威亚准备。

男N一个俯冲，他拿着一把看上去寒光闪闪的利剑直接横空刺过来。

千钧一发之际。

一个同样穿着龙袍的男子忽然怒气冲冲地冲过来推了把江森：“谁答应换我的？啊？你们——”

“快躲开！”吊在空中的男N瞬间慌了神，冲着突然闯入的人大喊。

江森反应极快，冷着脸起身将人推开。

温言下意识就往前冲过去拽江森，他一个回身折返反倒半拥着她躲避。

利剑刺过去——

“咔哧”一声。

江森眉头一皱，闷哼一声。

温言一颗心瞬间提到了嗓子眼：“你——”

她顿了顿。

她目光下移，然后一口气堵在胸口。半晌，抬脚踹了他一脚：“差不多行了啊，戏不要太多。”

他肩膀处的“利剑”已经缩了回去，根本连一点破皮的伤口都没有。

“哎，不是！”猴子匆匆忙忙从旁边走过来，白了两个人一眼，“就一把弹簧道具剑，你们一个个的至于不？搁这儿演苦情大戏虐恋情深给谁看呢啊？”

呃……

那边的工作人员已经处理了状况重新清场。

刚刚中途闯入的男子已经被人架着离开，他原本是来演“皇帝”的那个群演，因为迟到的缘故，被单方面换成了江森，赶过来换了衣服看到他在片场，二话不说直接就冲了过去，这才导致拍摄出了状况。

而男 N 则是新手上路，遇到这种情况一时情急慌了神，下意识喊人躲开引发了一场小小的恐慌。

导演板着脸把人全部骂了一顿，然后才重新开始拍摄。

后边几场戏份倒很顺利。

温言表面上一副没什么表情的样子，心里却始终隐隐惦记着江森刚刚的举动。

她刚才那一瞬间也确实被吓到了。

平时看的狗血剧情实在太多。

什么道具临时被替换，什么蓄意谋杀……

更何况这家伙还是“豪门私生子”的特殊身份。

万一有个什么万一呢?

温言想想就觉得后怕。

结束的时候，她换回衣服出来，拧巴着眉头一脸严肃将人喊住：“江森——”

江森正跟猴子他们讨教追女孩子的事情，看到她面色略白，回头三两句打发了他们，然后过来摸了摸她的额头：“Are you ok?”（你还好吗？）

“我没事。”她一把拍掉他的手，心里乱乱的，“你……”话到了嘴边，又突然有点不知道怎么开口。

她又不是担心他，只是毕竟是自己的小徒弟嘛，万一出了什么事自己还得担责任对不对?

所以本着小师父的基本义务，才去关心他两句对不对?

没毛病!

她给自己做思想工作，然后清了清嗓子，仰头：“江森，你知不知道，如果道具刚才出了问题，你可能会死？”

“嗯？”

他先是愣了下，继而湛蓝色的眼底渐渐铺上一层淡淡的笑意，略微俯身，玩味似的仔细盯着她的脸，半晌没有说话。

温言被他看得怪不自在的，往后退了两步：“师父在跟你说话呢！”

“嗯。”他直起身子，笑意不减，“可是……”他故意顿了顿，“你这么清楚可能会有危险，刚刚不也冲过来保护我了？”

“那不一样！”

“哪里不一样？”

“因为……因为我是你爸爸！”

江森：“？”

“总而言之，以后再有这种情况，你不要傻乎乎地冲上去了知道吗？”温言觉得自己简直操碎了一颗老父亲的心。

“对，不一样。”江森笑了下，目光落向远处，有点像自言自语，“这是我的义务。”

温言：“？”

“你们中国有一个词语叫‘爱民如子’。今天换作任何人在那里，我都有义务去救他。”

温言扯了扯嘴角。

装逼狂魔！

还爱民如子？

穿了件破龙袍就真把自己当皇帝了？

“不不不！”她抬了抬下巴，一脸傲娇，“傻儿子，如果换作是我，你就不用救了，毕竟我是你爸爸！不用你‘爱民如子’！”

“对，不用‘爱民如子’……”江森看着她。

温言：“……”小伙子你这么实诚的吗？说不用你救你就不救了？好歹客气一下啊！

她张了张嘴，还没来得及说话。

“是‘伉俪情深’！”

温言一口水没喝下去，差点喷出来，耳尖连带着脖子后边都红成一片，看也没看江森，扭头就走。

成……成语是这么用的吗？

下次好好教教好了。

3.

C大旁边的公寓里。

“哎哎哎……”

“Come on！后边！大佬！Help！ Help！”（老大，救命啊！）

“窝快被达斯了！”（我快被打死了！）

……

伴随着叮叮咚咚的游戏音效，林措歪坐在沙发上抓着手机一副咬牙切齿的模样，嚣张了三秒钟立马变尿货，躲在了队友的身后：“大佬酒窝酒窝！”（大佬救我救我！）

耳机里传来一声嗤笑。

“尿什么？”

伴随着窸窸窣窣的声响，女生动作利索地干掉了过来准备偷袭的敌人，轻哂道：“我说五弟啊，你躲在女孩子身后算什么男人？”

“我——”

他刚想再争两句，手机猛地一阵振动，屏幕上探出硕大的来电显示“George”（乔治）。

他不耐烦地揉了揉眉心，从沙发上起身，踱到阳台上避开门外的保镖接了电话，不等他开口，那边噼里啪啦就是一顿训斥。

总结有三点：

一、你来中国这么久了为什么还没能让江森出任何一点状况？

二、你现在的经济都被你哥停了，全靠我供给，所以最好不要出什么幺蛾子。

三、再不给江森搞点污点，王位的事情你就不用想了。

他胡乱敷衍地应付过去，然后重新点开游戏。刚刚那一局已经结束，他的大佬头像灰掉，人已经下线。

他愤愤地踹了一脚沙发，瞬间觉得更烦躁了。

也不知道哥哥现在在做什么好玩的事情！

他又想到上次在网上看到他谈恋爱的消息！

烦躁！

他把自己重新摔进沙发里，余光瞥到脏衣篓里那件报废的T恤，上边正反两面的红色乌龟图案耀武扬威似的杵在那里。

他忍不住皱了皱眉头，湛蓝的眼睛里盛满了厌恶。

那个女人真是粗鲁！

要不是因为江森不肯出来见他，他那晚也不会出那么大的丑！

对，就是怪江森！

他强行压下火气，抿着嘴角想了一会儿，终于有了主意。

周日下午。

江森这边和温言做完兼职，一行人回学校。

猴子还在为女神的事情耿耿于怀，于是一路上非嚷着要江森请客："老江啊，你可能不知道，在我们国家，一般发生好事的时候，当事人都是得请大家吃顿好吃的！"

他戳了戳大象，后者小声骂了句："出息！"然后回过头应和，"对啊老江，请客请客！"

温言不知道有什么好事发生，但是顾虑着小徒弟的经济问题，很上道儿很仗义地把自己的钱包摸出来："我来吧？"

猴子："？"不是说还没追到吗？瞧架势这都已经护自家男人了啊？

心碎。

江森看着温言笑了下，也没说话，抬手把她的钱包重新装回去："不用，我来，这是应该的。"

猴子默默地捂了捂心脏。

暴击，绝望。

他到底为什么要花样作死？

大象一副“你节哀”的表情拍了拍猴子的肩膀。

温言扫了一眼古里古怪的几个人，总觉得自己好像错过了什么了不得的事情。

不过……

她想了想江森的经济状况。

啧！

明明家里条件特殊，都要去做兼职赚钱了，还这么死撑着请客。

唉，男人的自尊心真可怕啊！

真是死要面子活受罪！

“江森！”几个人刚准备找地方吃饭，大门口一道人影蹿出来，“江森！”

温言一眼认出来人。

是那晚在门口喝醉的醉鬼，也就是江森的那个豪门弟弟。

看样子他应该蹲点有一阵了，旁边的地上有不少烟蒂，身上那件亮黄色的背心皱巴巴的，湛蓝色的眼睛倒是很亮。

这会儿兄弟两个人站一起，蓝眼白皮高个子，越发像是一个模子里刻出来的。

“Why……”他开口就是英语，撞到哥哥的眼神，大概是想到哥哥之前嘱咐他学中文的事情，又心虚地改口为磕磕巴巴的塑料普通话，满脸耐烦，“泥为什么补接我电话？”（你为什么不接我电话？）

他又瞥到江森身边的温言，怔了怔，眼神变得有些复杂，最后直接化为怒气，提高了声音：“说发！”（说话！）

温言被吓了一跳，不过也只是那一下下。

不知道为什么，她总觉得这个弟弟在江森面前虽然一副跋扈的样子，但气场上总是弱了一截，即便发着脾气，也只是像被逗急了的绵羊。

再联想到那晚他喝醉酒时乖巧的模样，她几乎可以确定，这只外表嚣张的小狼狗其实有一只属于小奶狗的灵魂。

猴子和大象不知所以然，相互交换了个眼神，然后看了看江森：“老江，怎么回事啊？有话跟人小弟弟好好说呗？”

也不知道哪里又惹到了这个“小弟弟”。他有点暴走，扶了把额头，像头徘徊在爆发边缘的小狮子：“泥凭什么停掉窝的很行哈？”（你凭什么停掉我的银行卡？）

所有人一脸蒙。

他说的是中文吧？但是为什么好像听不太明白？

温言扯了扯江森。

江森这才掀了掀眼皮，语气平平淡淡：“林措，你知不知道你中文讲不好，连发火都像在撒娇。”

这简直就是火上浇油。

“江森！”林措挽了挽袖子，往前两步又顿住，最后暴躁道，“窝们打一架吧！垃圾！”（我们打一架吧！）

温言下意识地挡在江森前面：“小小年纪学人家打什么架？”虽然你哥哥是私生子，但是这也不是他的错不是？

当然，她这话没说出来，毕竟这是人家的家世秘密。

看着小弟弟眼底的怒气，她越想越替江森委屈，受别人欺负被送来国外身份见不得光不说，还被祸害弟弟万里追来死缠烂打各种欺负。

“小弟弟！”温言扬了扬下巴，“懂点儿事好吧？不然，我替他跟你打呗？”说着，温言拽了江森一把，跟护崽子似的将人护到身后。

怎么可能真让一个女孩子上前线啊！猴子、大象虽然搞不清其中的恩怨情仇，但见温言的举动，几个人也立马往前凑，一副“你敢动手我们就敢群殴”的模样，还顺便赶开温言：“女神你躲远点哈，当心等会儿溅你一身血！”

江森有点哭笑不得。

半晌，他回身走到温言前面，然后看着弟弟：“上个月十六号，你因为一时兴起给主播疯狂砸钱，事后跟人纠缠不清差点被围殴；二十号前后，跟人约架飙车进了派出所，月底的时候你喝多酒把保安揍进了医院被记留校察看……”

林措怒气渐渐散了一些，心虚地梗着脖子。

“来中国不到两个月，你的生活费已经超过预期近三十倍。而你的中文水平呢？林措，你自己想想，刚来的时候，这些我都跟你说过。”

他语气淡淡的，但听上去就让人觉得有种无形的压迫感。

林措小声爆了句粗口，心知这次肯定是要不到钱了，往后退了两步，目光却落在温言的身上，嗤笑一声，别过头对着江森：“江森，Is she your girlfriend？”（她是你女朋友吗？）

温言怔了一下，下意识地想否认，到了嘴边的话却堪堪打住。她忽然想看看江森的反应，只不过，还没等他开口，林措又说道：“入果，泥原意把她给窝，以后窝……”（如果，你愿意把她给我，以后我……）

“咚——”

他话没说完，脸上突然挨了一拳，整个人踉跄着往后退去。

江森冷着脸，喉结滚动，眼底的怒气几乎要溢出来。

温言生怕这两个人真的开打，跟猴子、大象使了个眼色，各自去拉人。

林措一把甩开他们，摸了摸自己的脸，朝地上啐了一口，然后狠狠地剜了一眼温言，再看看江森，恨恨地道：“You'll regret it!”（你会后悔的！）

说完，转身就走。

4.

因为这么个突发状况，谁也没心思再提请客的事情了。

江森送温言回寝室。

到了楼下之后，两个人站在台阶上，一时间似乎都没有要走的打算。

气氛僵硬了三秒钟之后。

“抱歉……”

“你别往心里去……”

两个人同时开口，然后双双愣了一下，又莫名尴尬地笑了下。

“温言，”江森先开口，“今天的事情，很抱歉。”

温言大手一挥：“没事啊，你的情况我也知道，你也很不容易。”

江森表情僵硬了下，我的情况你都知道？

“你的身世由不得你自己选择，”没等他开口，温言又继续说，“无论家庭情感怎么样，孩子总是无辜的，虽然你……”

她小心翼翼地看了江森一眼，实在不忍心说出“私生子”这三个字，于是换了个说法：“你爸爸不肯承认你的存在，把你一个人送来国外，弟弟又因为财产问题，不远万里追来为难你，但是我们中国有句古话说得好，‘天将降大任于斯人也，必先苦其心志劳其筋骨……’虽然你可能不懂，但是你要相信，以后都会好的。”

来吧，让我们干了这碗鸡汤！

江森也没接话，只是默默地看着她。

她笑起来的时候两边有浅浅的梨窝，他的情绪总会不由自主地被她带动。

温言没留意他的眼神，只觉得自己把自己都给说嗨了，她一时激动，竟然没忍住抬手去掀他抿着的嘴角，鬼使神差地又给自己加台词：“来，给爷笑一……”

忽然，她眼前一暗。

江森倾身，一把抱住她。

周身全是男人温暖而干净的气息，她大脑一片空白，甚至忘记推开，反应过来的时候，耳尖已经开始发烫。

她心道：外国人都喜欢拥抱啥的，这也没什么，再说了，小徒弟情绪不高，作为师父给他一个爱的抱抱好像也没什么吧！

她想着想着，也就放下了手，甚至回抱了他一下，像安抚小狗那样轻轻拍他的背。

下午，温言回到寝室，气氛明显有点古怪。

学霸方难得没有啃《辞海》，肉肉难得没有吃肉肉，小鱼难得没有刷韩剧，只有夏絮戴着半只耳机心不在焉地玩着手机。

见她推门进去，所有人的视线全部聚集过来，跟被僵尸附体了一样。

“你们……”温言心里慌慌，“没事……”

“哈哈哈！”

“哈哈哈！”

“哈哈哈！”

……

温言：“……”真被鬼附体了啊？

“快老实交代！”小鱼第一个扑过来，“怎么拿下我们C大男神的？我要攻略！”

温言：“？”我不是，我没有！

“人证物证俱在！”方或扶了扶眼镜，把肉肉推出来，“你刚才在楼下的罪行已经全部被肉侦探拍下来了。当然，你有权保持沉默，但从现在开始，你所说的每一句话，都将成为呈堂证供。”

两个人拿出手机，屏幕上赫然是刚刚两个人拥抱的画面。

“误会误会！”温言解释，“这是有原因的，江森他很可怜的，他弟弟今天……”

“哇，你连他弟弟都见过了？”小鱼激动地打断她的话，“那就是见家长了，四舍五入相当于要结婚生小孩过满月了。言言，言言，我应该给你随多少份子钱啊？现在开始存钱来得及不？”

温言：“我——”

“说好一生一起走，谁先脱单谁是狗！”夏絮哼哧哼哧地从游戏里抬头看向温言，“你竟然抛弃了我们！”

温言：“……”

你们这些人怎么说风就是雨呢？

夏絮没留给温言解释的机会，起身就过来钩她脖子，结果动作太急，一把扯掉了手机上的耳机线，随后伴随着窸窸窣窣的游戏声——

“大宝贝！”

男人懒懒的声音传过来，不标准的发音里带着点献宝似的得意：“快看窝给泥秀一波操作！大宝贝泥人呢？”（快看我给你秀一波操作，大宝贝你人呢？）

“窝傻了两个人了，禁天真是气死老子了，看窝傻掉这个光头……”（我杀了两个人了，今天真是气死老子了，看我杀掉这个光头……）

“啊啊啊，大佬宝贝快救窝……”

……

手机里的声音还在继续。

寝室里一帮人却一致噤了声，目光全部落在夏絮身上。

向来稳如老狗的603扛把子絮哥万年难得一见地红了脸。

半晌，她默默地按掉手机，磕磕巴巴地解释：“呃……那个，你们别这么看我，他……他就是个小学生……”

几个人相互对了个眼神。

嗯。

小学生。

谁不知道傲娇大佬如絮哥从来不在游戏里带人，更何况跟人聊天呢？

敢这么调戏她的人早已经被爆了七八百次头，尸体可以堆座长城了。

唉！

小鱼她们看了对方一眼，然后默默地爬回自己床上，决定彻底孤立掉温言和夏絮这两个单身狗协会的叛徒。

/第六章/

他心里总算有一点底了。
我们，慢慢来吧。

1.

这几天以来，温言翻来覆去想了很多，连做梦都是各种豪门恩怨争斗，603寝室经常在半夜能听到什么“私生子”“五百万”“XX集团”之类的字眼，搞得小鱼她们一度以为温言加入了什么地下神秘组织。

梦得多了，温言总有种不祥的预感，总担心江森要出什么事情，比如被他那个暴躁的黄毛弟弟暗算一下，被他那个负心汉老爸视为人生污点送去非洲某个鸟不拉屎的小地方等等一系列可能。

越想越替江森担心。

于是——

江森最近不分时间不分地点地就能收到来自小师父的不定时查岗。

小祖宗："你还在吗？看到请速回。"

江："嗯，我在。"

小祖宗："哦那没事，去玩吧，上一条消息你就当没看见。"

江森："……"

半个小时之后。

小祖宗："你还活着吧？"

江："嗯？"

小祖宗："哦，参考上次最后一条。"

江森："……"

猴子见江森时不时就拿起手机回两句，一边感叹女神还是被外国人拐走了，一边歪着脑袋往他屏幕上瞄，顺便拿出自己二十年来的人生经验来给他做情感导师："唉，老江，我说你这个人怎么不解风情呢？"

江森："什么？"

"你看啊，我女神问你在不在，这说明什么？"他拉了把凳子在他面前坐下，一副老前辈的模样，"说明她在向你传达想念的信号！你以为人家闲得没事真问你在不在啊？你不懂我们中国女孩子！"

江森似懂非懂地点了点头："哦。"

话音刚落，手机一振，温言的消息又过来了。

小祖宗：“你是本人吧？没出什么事吧？”

猴子扫了屏幕一眼，有点心酸。

他最亲爱的敬爱的高冷的女神，怎么就沦落成小可怜了呢？

不行，他得替女神好好教教这个榆木脑袋，于是，他冲江森递了个眼色，后者接收到讯号，思考了一会儿，噼里啪啦开始打字。

江：“我也想你。”

收到消息的温言心一跳手一抖，差点连人带手机从椅子上翻下去。

这……这人有毒吧？

还是说发错消息了？

她想了想，冷哼一声。

果然，背着我又在偷偷泡妞，重要的是竟然还能发错消息？

该不会同时在泡好几个吧？

她刚想整顿一下这个人的三观。

手机振动。

他的消息又过来了。

江：“要一起出去吗？”

江：“你吃饭了吗？”

江：“你在做什么？”

……

一连串的消息过来，温言被搞得有点蒙。

不是不是，这到底什么意思？

被鬼附体了？

这边正按照狗头军师猴子的口述认真打字的江森有点不确定：“你确定这样不是对女孩子的骚扰吗？”

“当然！”猴子信誓旦旦地拍了拍胸膛，“我可是专业情感指导师，这怎么能是骚扰呢，这叫解风情……”

手机屏幕亮了下：

小祖宗：“……你手机中毒了？”

两个人看着屏幕上硕大的回复，一时间陷入沉寂。

半晌，猴子尴尬地咳了声。

真是不解风情。

他挠了挠头，装模作样地把目光移向别处。

还是乍起的手机铃声打破尴尬。

江森扫了眼屏幕，也没再搭理猴子，转身往阳台上走去，还反手拉上了玻璃门。

猴子好奇地往阳台方向瞄了两眼。

也不知道这哥们儿到底什么来头，时不时就能见他接一些神秘电话，反正讲话叽里咕噜的，他又听不懂。

该不会是外国过来的那种骗财骗色的吧？

他要不要去跟女神说一声？

可是看他这气场也不太像什么骗子流氓小瘪三啊？

猴子抓耳挠腮纠结了好半天，还没想出个所以然来。

玻璃门“吱呀”一声轻响，江森从阳台上走进来，表情淡淡的，碧蓝色的眼底却浮着一丝严肃。

简单跟猴子道了个别之后，他提了只包就往外走。

猴子缩了缩脑袋，见他神色严肃，犹豫了下，还是没敢多问。

米茵的车子就在男寝楼下。

见江森出来，她上前接过行李放好，然后帮他打开车门，两个人交换了个眼神，然后启动车子直奔校外。

“老约翰的情况严重吗？”

江森靠坐在后座上，打开电脑开始翻看邮件：“父王派人查过车祸的全过程了吗？”

“是的，殿下，已经查过了。”米茵回应道，“现在基本可以确定纯属意外，问题不是很严重，但是因为上了年纪，所以暂时还没能苏醒过来，需要继续观察。”

老约翰近七十岁，一生为王室尽忠，又自小负责教导江森，对他来说，亦师亦友。

所以，于情于理他都得赶回去一趟。

更何况，还有很多政治上的事情需要他出面。

车子驶上机场高速，米茵开始汇报行程安排：“落地时间是帛莱早上六点钟，Carey 会先接您去参加大臣会议，十一点钟我带您去探望老约翰，午餐之后是五国经济联盟会议，再之后……”

江森听着安排，忽然想到什么，伸手从口袋里摸出手机按了两下，也不知道什么时候电量已经耗尽，黑漆漆的屏幕半点反应都没有。

机场已到。

有金发碧眼的助理一早等在这里，见状将他的手机接过去收起来，一行人带着他准备登机。

室友发现温言不对劲的时候，已经是夜里十一点。

她瘫在床上对着只手机跟条咸鱼似的不停咕哝些什么，连肉肉喊她吃比萨她都像没听见似的。

夏絮身手利落地爬到她的床上去，“啪叽”一巴掌拍她脑门儿上：“小言言，干啥呢？”

温言几乎是下意识地把手机往枕头下一塞，僵着表情：“没……没干什么。”

“呀！你这反应，肯定在干什么亏心事！”肉肉用刚啃完鸡翅的油手抹了把嘴，惊呼，“你该不是背着我又在点外卖吧？”

“说不定是在偷偷用功背单词呢？”学霸方拔下一只耳机道。

眼看着小鱼又要多插两句争起来，温言心虚又心急地从床上坐起来，揉了揉一头乱七八糟的头发，不自觉地提高了音量：“真没什么！”

正嘻哈闹着的几个室友被她这一嗓子号得安静了三秒钟，然后统一僵硬点头：“哦。”才怪！

温言觉得有些尴尬，又“唰”地重新倒回床上，用毯子把自己盖严实了。这才偷偷摸摸打开手机，看着微信上自己单方面发出去的数十条微信，发了五分钟的呆。

下午看你回消息不是挺快的吗？

怎么突然就没影儿了？

生气了？掉厕所了？喝水噎住了？被人绑架了？

她想着莫名有点生气。

江森你不会是死了吧？

气还是气的，但是一联想到自己最近梦到的那些狗血又可怕的剧情，她又忍不住有点担心，人都说梦想还是要有的，万一实现了呢？

所以……

噩梦了这么多天，万一成真了呢？

她晃了晃脑袋，打开通讯录，拨了个电话过去。

她又不是担心那个人，就只是……

呃。

毕竟是外国友人嘛，要真出点事这不就影响我国形象了吗？影响了国家形象就会影响国际地位，影响了国际地位就会影响我国邦交，影响了邦交就会引发战争，百姓流离失所，生灵涂炭……

对！

她是为了国计民生所以才打电话慰问下外国友人的。

她这么想着，把电话拿近了点。

然后——

“对不起，您所拨打的用户已关机。”

温言：“……”

算了，睡觉！

2.

这学期课程不是很多。

温言给江森打了好几次电话都一直是关机状态，她心里也存了点气，接下来几天再没找过他。

直到周三一早去上课的时候。

她还没进门，就听见教室里叽叽喳喳的议论声：

“看不出来啊，平时挺阳光的，原来已经抑郁这么久了啊？”

“听说家里有问题，是什么私生子，根本不受人待见！”

“难怪呢！心疼，我以前那么喜欢他，以后都见不到了！”

……

温言听着猛地一怔。

“言言，”小鱼老远冲她挥手，把提前帮她占好的位置空出来，“过来啊！”

温言咬着面包心不在焉地走过去。

小鱼见她兴致不高，于是开始跟她八卦起C大一早风靡的传闻。

大概就是班长早上去辅导员办公室递资料的时候，看到有同学正在办理退学手续，无意中听了两句，才知道好像是什么不受家人待见，抑郁已久，然后又多次被校外人围堵勒索欺凌，最严重的是昨晚被人打得差点进了医院，家里人一早过来直接给办了退学手续……

其实说辞含糊，漏洞百出。

但是温言还是有那么一瞬间的愣怔，下意识就往教室里环视一周，直到上课也没有看到那个熟悉的人影。

打电话过去依然是关机状态。

她心里忽然空荡荡的。

几家欢喜几家愁。

江森消失的这几天，林措彻底失去管束，可谓是过上了神仙般的生活，喝酒飙车打游戏，简直美滋滋。

对，最近在大佬的帮助下，他的游戏水平可谓是突飞猛进，只不过有一点不好，就是那个他的大佬宝贝总喜欢纠正他的发音问题，搞得他还要边打游戏边学中文。

吐槽归吐槽，但几天不见，他还是怪想他的大佬宝贝的。

他懒洋洋地靠坐在沙发上，登录游戏。

他的大佬宝贝果然显示在线状态。

一定是为了等我！嘿嘿嘿！

他想着，然后发起组队，对方很快同意，这次他倒没有急着开局游戏，先发了消息。

无敌小王子：“大佬宝贝？”

全场最温柔：“说！”

无敌小王子：“窝……”

他直接切换了语音：“泥明天油时间吗？窝请泥吃大餐，区不区？”（你明天有时间吗？我请你吃大餐，去不去？）

他来中国这段时间，可是看明白了。

在这里，请人吃饭是常事，而且，最能促进双方感情发展的一般都是在饭桌上。

然而——

“不去！”对方直接开口拒绝。

他的一颗少男心都要碎了。

“大佬宝贝，”林措继续劝说，“Don't worry，I……”（你别担心啊，我……）

咳咳咳，似乎暴露了什么。

他迅速切换成中文：“窝是个嚎人，怼女孩子逗是很稳肉的。”（我是个好人，对女孩子都是很温柔的。）

见这边没什么反应，他继续说：“泥时不时害怕呀？可以逮泥的盆友们陪泥一起啊？吃喝劝包在窝身上。”（你是不是害怕呀？可以带你的朋友们一起啊！吃喝全包在我身上。）

……

怕个屁哟！

老子一个人可以打翻你全家！

夏絮一边关电脑一边听着对方的语音。

啧！小学生口气还挺大！

她收拾好东西，一抬头见温言还呆呆愣愣地坐在椅子上，再听着小学生死缠烂打式约碰面，心里忽然一动。

“小言言！”夏絮过去一把钩住温言的脖子，“跟哥出去一趟呗，有人请吃饭，随便点的那种！”然后别过头又对着麦，“是不是啊五弟？”

五弟就是她对【无敌小王子】这个“小学生”的昵称。

那边忙不迭地应声。

见夏絮还没松口，他索性学着直播里的主播卖萌：“球球你啦，嚎不嚎？”（求求你啦，好不好？）

夏絮一口老血差点喷出来又咽回去。

她没理会“小学生”，继续劝着温言。

她这几天情绪有点飘忽不定的，得带出去溜达溜达散散心。

温言理了理东西，应道：“好。”

几个人约好在C大门口碰面，“小学生”很绅士地说自己会过来接她们，夏絮由此更加确定，这个家伙十有八九是那种成天沉迷于游戏的富二代。

“这家伙可能出去留过学，时不时就冒出句英文，有次被人盯上打了一枪，他可能太激动了，估计是想说‘Don't kill me（别杀我）’结果说成了‘kill me!kill me（杀我！杀我！）’……

“一边跳舞一边说‘kill me’，画面简直不要太嚣张，结果就被对方用平底锅一下一下地拍死了哈哈哈……

“他跑毒跑不过就蹲在毒房子里非说要安乐死……

“这个垃圾，他把骑着赤兔马的关羽喊二爷，每次锁定之前都要先拜一拜……”

她跟温言一边说起两个人在游戏里的种种趣事，一边往大门外走，大概是说得太激动，一没留神就撞到了人。

“不好意思不好意思！”

她下意识道歉，一抬头对上一张熟悉的面孔。

温言也愣怔了一下。

对方不复之前的懒散模样，竟然难得地穿了身西装，头发也精心打理过，不像以前总软趴趴耷拉在脑袋上的样子。棕黄色的短发侧分，露出精致漂亮的五官，白皮蓝眼，鼻梁高挺，整个人透着些阳光少年的味道。

只不过现在——

脸色有点不太好看。

“泥刚刚说什么？（你刚刚说什么？）”他把手机往后躲了躲，一开口还是熟悉的配方，“谁是 laji？”

夏絮也突然愣住了。

那个家伙最喜欢骂别人垃圾，但是自己最讨厌被人骂垃圾。

原……原来……

夏絮张了张嘴。

脑海中游戏里那个“五弟”和现实中的“棉花糖”的身影渐渐

开始重合。

夏絮："……"

然后，她想到的竟然是自己那晚给人T恤上画了只大红乌龟的事情。

她回过神来，心虚地咳了咳，然后往他手机上看，试图再确定一下这个惊为天人的真相。

林措往后躲了躲。

"给我！"她提高音量掩饰自己内心的不淡定。

林措秒𡖖，强梗着脖子："大佬宝贝！泥怎么还这么凶（你怎么还那么凶）……"

看这德行，还真是没有作假的可能啊！

夏絮扫了他一眼，林措硬气不过三秒钟，撞上大佬的眼神，毫无骨气地改口："凶……胸大貌美大长腿。"

温言忍不住"啧"了声。

小伙子求生欲很强啊，难得能说这么一句完整不跑调的话。

林措看着夏絮瞬间柔和下来的气场，心里默默想，亏得自己专注于游戏，没想到跟那群队友学到的最完整的一句话还派上了用场，救了他一条狗命。

3.

夏絮怎么可能放过宰小学生的机会。

三个人去了C大附近数一数二的高档西餐厅，如夏絮所猜想的那样，林措进门点菜到使唤服务生，熟门熟路根本就是成日吃喝玩乐的典型富二代模样。

“大佬宝贝！”

等菜的间隙，林措没忍住又开了一把游戏，气急败坏又委屈巴巴：“泥看辣个人油打窝！”（你看那个人又打我！）

夏絮对他的塑料普通话实在忍无可忍，在游戏里拎着个平底锅冲上去就是一拍：“说人话！”

林措怒了，“咣当”一下当场就把手机拍桌子上了。

温言都吓了一跳，旁边准备上菜的服务生也一脸惊恐地看过来。

结果下一秒。

“大佬宝贝……”

一米八的大男人丢了手机过去拽着夏絮的胳膊，委屈巴巴：“泥怎么也打窝（你怎么也打我）？心痛。”

夏絮：“……”你没事能不能少看点乱七八糟的直播？

这把游戏因为挡不住林措的茶毒，夏絮早早送了命，剩下林措自己在原地转悠了两圈之后，果断选择自杀殉情。

自己还被自己感动得要哭。

夏絮实在受不住林措的花式作死，中途找了个借口溜去了厕所。

“林措？”

温言见夏絮离开，这才看了对面的男生一眼，冷着声音开口道：

“你哥哥呢？”

林措正忙着游戏，隐约听到“哥哥”这两个字，瞬间火大，不耐烦道：“I don't know.（我不知道。）”

“江森电话打不通，一点消息都没有。”她不死心地问，“你真的什么都不知道？”

“I said,I don't know!Don't bother me!（我说了我不知道，你别打扰我！）”

说完，他忽然想到什么，掀起眼皮一脸警惕：“How do you know he is my brother?（你怎么知道他是我哥哥？）”

“Did he tell you？（他告诉你的？）”

“你上次喝多了的时候告诉我的。”温言喝了口水，看他，“你其实挺在意你哥哥的对不对？”

林措轻嗤一声表示不屑。

温言靠自己脑补的豪门恩怨来劝他：“不管你们家庭情况多么复杂，但他毕竟是你哥哥不是？你那天晚上跟我说了那么多你和他小时候的事情，你跟人打架被他训斥，但最后他不也帮你揍了人家？我不相信这些你自己想不明白？你酗酒……”

“Cut it out（省省吧）!”

林措收了手机，直接打断她的话，嘲讽一笑：“泥还在帮他朔话？”（你还在帮他说话？）

“Don't you also don't know where he is now?（你不也不知道他现在在哪儿吗？）”

“Do you like him?（你喜欢他吗？）”他耸了耸肩膀，“Wake up!You have also been abandoned!（醒醒吧，你也被抛弃了！）”

温言一怔，突然被他堵得说不出话来。

对啊，他又不是个小孩子，能出什么事用她在这里瞎担心？

可是……

她突然说不清楚自己心里那些绵绵密密的感情是怎么回事。

她攥了攥手指。

“He always does this!（他总是这样！）”林措扫了她一眼，见怪不怪，语气淡淡的，“He is a hypocrite! Liar!（他就是个伪君子！骗子！）”

他起身时还忍不住愤愤地踹了脚椅子。

骗子！

走都不带他一起，根本就是故意把他骗来中国，然后丢他在这里，自己再偷偷回去！

“走啊，喝酒去！”

夏絮从卫生间回来，甩了甩手上的水珠，也没注意到这两个人不太对劲的表情，只想着转移下五弟的注意力，她真的被这货打游戏坑得快要吐了。

她一只胳膊钩住一个：“走呗，五弟，游戏有什么好玩的，KTV 走一波，发泄下，姐姐今天带你去玩！”

“小言言？”她别过头来跟调戏良家少女似的，挠了挠温言的下巴，“走呗，哥等会儿万一要是喝多了，你还得帮我打车呢？”

两个人就这么稀里糊涂地被带去了 KTV。

林措那边多以酒吧 Party 为主，中国式 KTV 包厢很少见。

“Karaoke box?（卡拉 OK？）”他进了包厢惊讶得四处打量，“Wonderful!（棒极了！）”

然后——

“大佬宝贝！窝们咳一扒游戏投在这个 big screen 上再玩吗？”（我们可以把游戏投在这个大屏幕上再玩吗？）

夏絮：“……”

不过紧接着，在夏絮点的一堆各式小吃和啤酒上来，以及她打开自己偷偷带进来的外卖以后，他就彻底打消了玩游戏的念头，抱着酒瓶子不撒手，又开始各种称赞中国美食。

夏絮：“……”闭眼吹吗？一份烤鸭而已！

两个人吵吵闹闹半晚上，等到夏絮再回头的时候，才发现，不知道什么时候，温言面前已经空了一堆啤酒瓶。

夏絮：“……”

说好的等我喝多了你帮我打车呢？你倒先干为醉了？

温言靠坐在沙发上，脸颊通红，意识已经有些迷糊，中途听见夏絮接了个电话，回来后又在跟林措吵什么，她隐约好像听到江森这个名字，然后林措被夏絮训得跟只狗似的，吭哧了两句就乖乖闭了嘴。

顿了顿，他似乎又不服气地说江森怎么样怎么样……

说什么呢？

温言听不清楚，虚浮着脚步把脑袋凑过去，“啪”地一巴掌呼他脑袋上，训斥道：“说什么呢啊小崽子！”

接下来的十分钟里，夏絮见识了603温柔美少女暴走训斥富二代以及“替哥行道”的全过程。

简直刷新了她的三观。

还说没喜欢江森呢？这当嫂子的架势都出来了！

而林措则发现，原来他的大佬宝贝真的是“全场最温柔”了。

4.

酒后行为过激的直接后果就是，第二天醒来的时候，整个人浑身脱力，脑袋几乎要炸掉。

温言揉着脑袋胡乱翻了个身，在枕头下没摸到手机，于是往里边蹭了蹭，闭着眼凭感觉去够她床头的小搁板，结果没有摸到预想中的冰凉隔档。

反而是温热的硬邦邦的触感。

还没入冬呢，谁把暖宝宝放我床头了？

她迷迷糊糊地睁开眼，撞上熟悉的湛蓝色眼睛。

她吓得一个激灵，整个人卷着薄被往后撤出去好远，直到大脑回神，看清楚面前这个人，她才松了一口气，心底的欣喜一点点漫上来，但还是故作淡定：“那个，你没事啊。”

“没事。”江森牵着嘴角，把手里的温水递给她。

偌大的房间里，突然安静下来。

温言想到昨天晚上的场景，又觉得有点脸热，默默地移开视线装作去看周围的布局。

看上去应该是酒店套房。

卧室里是清一色的白，门内有一间小小的卫生间，透过半开的房门可以看见外面的小客厅，似乎还有个小厨房，生活用具一应俱全。

床尾放着只行李箱。

他昨晚应该刚刚回来。

她胡乱揣测着。

也不知道他这几天到底去干什么了，还是说家里有什么事？

看这酒店的档次，她猜得应该没错，他真的是豪门里被放养在外的私生子吧？

他昨晚几点回来的？又怎么知道她在 KTV ？

她这么想着，前一晚断断续续的零星场景再次浮现在脑海里。

昨晚她喝了几杯酒，不小心上了头，醉得稀里糊涂的时候好像听见林措又在跟夏絮说他哥的坏话，她当时也不知道怎么想的，一时间看不下去就冲过去吼了他两句。

然后……

然后一扭头就看见站在包厢门口的修长身影，他挑着嘴角正一动不动地看着她，也说不清她当时怎么着脑子一抽，委屈巴巴地上去就把自己挂人身上了……

酒后乱性啊酒后乱性。

咳咳咳……

她扯了扯毯子的边缘，悄悄瞄了他一眼。

江森斜坐在床头，看着她不停变化的表情，笑了下："你昨晚可不是现在这个反应？"

温言心里"咯噔"一下。

看他这样子……

她昨晚最多也就抱了一下，应该也没做什么太出格的事情……吧？

这么想着，她脑袋里已经闪过一百种版本的狗血小说套路，生怕他再开口就是"You have to be accountable to me（你得对我负责）"。

"你——"

江森话没说出口，她"噌"地冲他挥了挥手，僵硬一笑，打断他的话："早上好啊。"

江森："……"

他那天走得急，本来想告诉温言一声，结果手机没电，当时准备过安检，顺手就把东西交给了助理。结果回去之后，他忙于王室里的各种琐事以及大小会议，几乎 24 小时连轴转，在中国用的那部手机也就被搁置在一边，忙起来就把跟温言通电话这事给忘了。

直到再回来才看到温言发给他的一连串消息，还有很多未接电话。

他再回电话过去一直无人接听，后来还是从猴子那儿辗转打听到夏絮的电话，再赶过去的时候，就看见林措被她正训得一愣一愣的。

见他推门进去，她整个人都扑过来抱着他不肯撒手，一会儿夸一会儿骂的。

于是，继弟弟之后，他成了第二个被训斥的家伙。

这一大早的起来，翻脸就不认人了。

但让他意外和惊喜的，是昨晚小姑娘表现出来的对他的在意。

他心里总算有一点底了。

慢慢来吧。

他想。

温言看着他脸上突然深邃起来的笑意，心里突然就有点莫名其妙。

她刚想问两句，江森回头看了她一眼，然后从床边上起身："起来吃早餐吧，学校那边我帮你跟余教授请过假了。"

"哦。"温言点了点头，故作镇定地从床上爬起来。

虽然说人家身世特殊，很多私事不方便多问，但她还是有点忍不住："江森，你这几天去哪儿了？"

"家里有事，回去了一趟。抱歉，走得太急，没来得及告诉你。"

温言不自在地摸了摸鼻子："没……"

"以后不会了。"他想到什么，又补上一句，神色认真。

温言穿鞋的动作一顿，耳尖突然有点发烫。

"那个……"

她有点不知道怎么接这话，感觉两个人之间好像有点什么不太对劲。

她咳了咳："你回去做什么了？"说完才反应过来，人家刚刚才说了家里有事，不能明说的肯定是私事，自己还这么没眼力见儿地追根究底。

江森倒没什么大的反应，俯身把昨晚被她踢飞的另一只鞋子从门边拿过来放到她脚下，语气淡淡："我爸爸妈妈让我去见一个姑娘，应该是想让我娶她。"

说完，他装作不经意地扫了眼温言的反应。

果然——

她的表情有一瞬间僵硬。

事实上，他也没撒谎。

宴会上，父王确实安排他结识一位大臣的女儿，说是优秀海归，才貌俱佳，几次有意撮合他们，只不过他拒绝了。

江森直起身子半靠在桌边上，将她的反应尽收眼底，然后嘴角划过一抹微不可察的弧度。

“你有什么想说的吗？”半晌，他别过头，直白地看着温言。

“我——”

温言一顿，心里乱糟糟的，她有点拎不清楚，脑子一抽：“我想说……原来外国也流行相亲啊？”

江森看了她一眼，嘴角微抿。

呃……

敲门声打破尴尬的气氛。

米茵站在门外，看了温言一眼，省去了称呼，对着江森躬身道：“早餐准备好了。”

语气虽然平淡但看得出来，恭恭敬敬的态度是打心底里的。

温言注意到她行礼的方式，下意识又扫了眼房内的格局，看了眼身边的男人。

他敛了表情，垂着头似乎在想什么，长长的睫毛下压，在眼睑处落下一层淡淡的阴影，眉头微皱，但浑身上下的恣意却怎么也掩不住。

像是……

像是这世间万物，没有什么是他把控不住的。

听到门外的动静，他也没什么大反应，随意抬眼点了点头。

他身上自然而然流露出来的气场装不出来，也断不是活在压抑与躲躲藏藏间的人能拥有的。

温言想着，心里忽然闪过一点什么念头。

江森……真的只是见不得光又不受宠所以被打发来国外的私生子吗？

她晃了晃脑袋，打消那些乱七八糟的揣测，跟着他往外面走。

他却忽然停下来："温言。"

"嗯？"她揉着额头，一时有些茫然。

"你们中国有句古话叫'一日为师终身为父'？"

"对啊，你是不是……"

"所以你是不是得对我终身负责？"

她默默地看了他一眼："我以为你是想喊我爸爸。"

江森的嘴角明显抽了一下。

那么点温情的气氛瞬间消散得一干二净。

吃过早餐，温言揉着肚子毫无形象地瘫在了沙发上。

她是这么想的。

反正酒后发疯的样子都被他看到了，这会儿也就无所顾忌了。

眼下需要考虑的是，下午溜达出去干点啥，才能不浪费请来的这么一天假。

她想到江森来这么久，除去整他吃变态辣火锅那一次，她好像还没有正儿八经地尽过什么地主之谊。

要不……

"江森！"她从沙发上爬起来。

江森正抱着笔记本坐在她旁边看什么，出于好奇，她歪过脑袋去瞅了一眼，屏幕上是刚打开的新邮件，上面是密密麻麻的外语，全是什么经济政治上的专业名词。

看上去很高级很厉害的样子。

她最烦政治啊经济啊这种晦涩的东西，只扫一眼就觉得脑仁疼。

不过——

他这不躲不避的样子是怎么回事？

好歹邮件这种公事也是涉及你们豪门机密的吧？

“哎！”她凑过去拍了拍他，故意盯着屏幕看了半天，见他依然没有避开的架势，“江森你怎么能一点防备心都没有？这种豪门机密文件是随随便便能给别人看的吗？还是你歧视我以为我看不懂？”

江森轻笑一声：“防备心是给外人的。”

咳咳咳！

有那么一瞬间，温言觉得自己昨晚可能喝了假酒。

不然，今天一整天，为什么总觉得两个人之间的气氛跟以前有点不太一样了？

桌上的手机开始嗡嗡作响。

她扫了一眼屏幕，长长地叹一口气。

“小学妹呀！”林洲的奸笑声隔着电话传过来，“你还记得今天是什么日子吗？”

“你捡到一元钱的第二个月纪念日？”

温言有点头疼：“还是你家猫咪的干儿子的堂哥的四姐妹过生日？林洲我可先跟你说啊，要礼物没有，要命不给。”

“我说小学妹啊，你怎么能这么说学长呢？你是不是忘了什么大事了？校庆啊小学妹，我们下个月就要校庆了，节目的事情可是你们部门的重头戏。我可是特意来提醒你温小部长的！怎么样？我很善良很可爱很亲切吧？”

温言更想挂电话了。

“这可是你们部门的重大事件！现在节目还不够，我的意思是……”

行，你不用说了我懂了。

“林洲，你知不知道我有时候怀疑你爱上江森了！”温言压低声音，阴恻恻道，“怎么每次有点什么事你都想找他上啊？是不是打算假公济私跟你的小男神来点交集？你早说啊，要不我现在把电话给他？”

“你们在一起？”林洲很会抓重点，意味深长地笑了一声之后，“学长怎么敢跟你抢男人？行，那咱们就说好了啊，你做做C大男神的思想工作，到时候也好拉点人气！”

“嘟”的一声。

电话直接挂断。

谁跟你说好了？

江森察觉动静，从电脑中抬头看向她："怎么了？"

"嘿嘿嘿……"

温言学着林洲的样子笑了几声，从沙发这头爬到他那边去，心虚又狗腿："那个，你有没有什么想玩的地方啊？或者想吃什么也行？随便点，别客气。"

/第七章/

突然被告白了，该怎么办？

1.

“大佬宝贝！”

夏絮刚开了游戏语音就听到那边激动的嗓音，隔着屏幕她都想象得到林措兴高采烈的样子。

其实，她本来想着上次碰面之后，这家伙应该就不会再怎么搭理自己了，毕竟自己每次一开口就是各种大嗓门儿训话。结果没想到，他的态度不但没有冷漠，反而变得更热络了，热络到她都有些不习惯。

“大佬宝贝快过来，我捡到了个八倍镜给泥（你）！”

“是‘你’，三声‘ni’！”夏絮几枪解决了趴在他身后准备偷袭的人，然后纠正他的发音。

“OKOK！”他乖乖学着她的音调，“你，对不对？”

一副我说对了求表扬的样子。

夏絮笑了声。

“大佬宝贝你过来躲我身后！”

话刚说完，“砰”的一声，他被人给了一枪，爆了句粗口之后又变得可怜兮兮：“大佬宝贝，有人打我……”

夏絮小跑着过去，一眼看到藏在身后还在冲这边瞄的人，三秒钟之后，成功解决了敌人，顺便给她的小跟班丢了几个绷带和急救包。

刚想说话，寝室大门被一把推开，小鱼风风火火地蹿进来，手里还抱着一大束火红又浮夸的玫瑰，话都说不太利索了：“絮……絮絮絮哥！这是你的！”

夏絮手下动作一顿，老子什么时候有过这么娘兮兮的东西了？

她下意识就问是不是搞错了，结果没等小鱼开口，耳机里先有声音传过来：“没搞错没搞错，大佬宝贝，花是给你的，还有chocolate（巧克力）、lipstick（口红）、watch（手表）……what other gifts do you want?（你还有什么其他想要的礼物吗？）”

“不是，”夏絮看着手里的一大捧花，以及小鱼意味深长的小眼神，有点哭笑不得，“林措，你这是在做什么？”

“堪不楚来吗（看不出来吗）？我在追你啊。”

夏絮吓得手一抖，不小心直接退出了游戏界面。

林措对着耳机喊了好几声都没反应,对方状态很快变成了离线,他挠了挠头。

这办法还是他前两天从游戏里一个中国队友那里要来的。

他说,追女孩子第一要素就是买买买。

林措觉得自己都照做了,没毛病啊,可是为什么夏絮会是那个反应?

他想了半天,得出一个结论——

肯定是因为还没买够!

对!

他翻着手机,简直爱死了网购这个东西,吃喝玩乐全部都买了一遍。

结果付钱的时候系统提示账户余额不足。

“Grorge!”他拨通了乔治的电话,理直气壮道,“I have no money!(我没钱了!)”

……

钱没要到,自己反被乔治骂了一顿。

为江森制造污点迫在眉睫。

——这是乔治的意思。

否则乔治再也不会提供给他一分钱。

林措感觉到了来自整个世界的深深恶意,事实上,他有时候也觉得挺没意思的,他对那个又虚伪又累人的王位一点兴趣都没有。

他也想不明白，为什么乔治能看中自己这个游手好闲的家伙，还一心要扶持他上位。

只不过，他就是对江森看不惯，什么破哥哥，仗着自己厉害，处处压制他。

好了。

谁让他为了爱情可以抛头颅洒热血呢？

这次就给江森一点教训吧！

话说，求人办事得先做铺垫。

温言为了后边好开口一点，硬是狗腿地带着江森出来溜达，她一路指挥着米茵左拐右拐，然后停在了一条巷子口。

“你不是说想吃火锅吗？”她自己先下了车，不等江森动，小跑过去替他开了车门，“我跟你说，这家店口味绝对正宗。”

“绝对正宗变态？”

江森反手关上车门，笑着看她，语气里带有明显的揶揄，显然对上次被她坑去吃变态辣火锅还印象深刻。

温言尴尬地摸了摸鼻子，强行解释：“那是个误会。”

江森看了眼她的反应，心情不错。

其实她今天打电话的事情他听了个七七八八，倒不是故意，只不过林洲那嗓门一向都自带扩音效果，再加上温言大反转的狗腿态度，她的目的显而易见。

比起外面的美食和风俗这些，他现在觉得温言这反应更好玩一点。

他屏退了米茵，然后跟着温言一路往巷子深处走。

温言今天见识过了江森的工作状态以及他助理的态度，现在已经不觉得他是个简单的私生子了。

——至少也是个身份不光彩但是很重要的私生子，搞不好要回去继承亿万家产的那种。

她一边走一边拍着胸脯打包票：“你别怕啊，我能带你出来，就能保证平平安安地给你送回去。”

“你是说，”江森别过头看了她一眼，然后模仿着做了个中国功夫的起势动作，“用你的中国功夫吗？”

温言想到酒吧那次在他面前逞强的尴尬。

“嗨！”她两三步追过去，“你这是赤裸裸的挑衅，你要是不信……”

她忽然想到自己此行的主要目的，于是默默地收住“比画比画”这句，改了口：“就算了。”

她真没吹牛。

虽然不会正统的中国功夫，但是打小跆拳道课程没停过，成不了大气候，但是平日里对付个小毛贼防身还是绰绰有余的。

只不过——

她没想到，自己这个乌鸦嘴真的就灵验了。

南新巷其实一点也不新。

甚至可以说，是个完完全全的老巷子。它已经有了百年历史，烟火气息很浓厚，未经改造，许多民俗建筑都得以保存，但又融入了不少现代的东西进去，成为这里居民的经营小店。

夜里最为热闹。

也成就了C市的一大特色。

手工糖人店的隔壁就是重金属音乐主题的酒吧，陶艺馆与电玩基地相邻，丝绸店面里有机器人服务……

温言在江森震惊的眼神中，带着他溜达完了一整条街。

到了最后卖糖葫芦的那一家，她挑了一支串着核桃馅儿的，轮到江森挑的时候，她一把将人挡住："等一下！"

江森："？"

"我们吃糖葫芦有个传统！"

浇糖汁儿的老爷爷一顿，抬头看过来，摆明了要胡诌的温言有点心虚地错开视线，老爷爷看了看她身边的江森，好像突然就懂了什么，了然一笑也没说话，继续做自己手头的事情。

"你先回答我几个问题吧？"

江森选了支一样的糖葫芦，温言抢先接过来握在手里，一副无赖样："回答完了我就给你。"

"这就是你们的传统？"江森问。

"对。"她没留给他拒绝的余地，"快问快答之你有没有什么特长？"

"腿特长算吗？"

温言："……"

"要那种艺术类型的，比如什么乐器啊之类的你会吗？"

"会一点点。"

"比如呢？"

"大提琴、钢琴、萨克斯、吉他，你们中国的古琴也会一点点。"

温言："……"你够了，这是一点点吗？

"还有别的吗？比如跳舞什么的？"

"会一点点。"

"比如呢？"温言下意识地问，没等他回答又立马收回话，"哦好了我知道了一点点，你不用说了，那你能不能……帮我个忙？"

"这也是传统？"江森牵着嘴角。

"对！"她厚着脸皮，"我们校庆有晚会，现在还缺一个节目，大家都希望你上场，所以你能不能……"

你懂我的意思吧？

她声音不大，仰着头一脸奸诈地给他递眼神，见他没反应，索性上前两步，把手里的糖葫芦一把塞到他手上光明正大地要无赖："江森，拿人手短，吃人嘴软！"

江森垂眸看她，蓦地就笑了下。

小姑娘仰着头，一双黑色的瞳孔映着点零零碎碎的灯光，看上去亮晶晶的，眼底含着点不易察觉的狡黠，嘴角微抿，刚刚啃过糖葫芦，嘴唇上的口红有点蹭掉。

他喉结轻微滚动。

温言见他半天没说话，以为沟通问题，他没理解，于是清了清嗓子，意味深长一笑，准备继续胡扯："你是不是没听懂啊？我跟你说，拿人手短，吃人嘴……"

面前忽地一暗。

高大的身影挡住光源。

来不及反应，嘴角落下一抹温热的触感，转瞬即逝。

"嗯，"他直起身子，似乎轻笑了一声，接过她没说完的话头，"软。"

温言还呆呆愣愣地怔在原地，大脑一片空白，只觉得满鼻尖都是他身上淡淡的清香味道，胸腔里震动得厉害。

"江……江森……"

温言回过神来，摸了摸自己滚烫的耳尖，再看了眼前面若无其事的大高个，有那么一瞬间觉得刚才那一幕是自己凭空产生的错觉。

她到了嘴边的话打了个转又吞了回去，出口又回归了刚才的话题，干巴巴的，什么事都没有发生过的样子："那……晚会你去不去啊？"

其实心里翻腾得厉害。

2.

巷子里光线有些暗，她不留神踩到什么东西，踉跄了两步。

他反应很快，回身一把抓住她的手将人扶住："去啊。"

温言："？"

这就同意了？这么好搞定的吗？

她稳住身形，他却再没松开手，轻笑道："拿人手短，吃人嘴软嘛，我明白。"

哎，这个人！

"那你懂得还挺多？"温言红着脸，不停地抹掉脑海中刚刚那一幕，然后故作镇定地道，"看来以后也不用我再给你讲古诗词了吧？"

"泥说 what？（你说什么）"他故意模仿着林措的语调，还觉得不够，一秒切换磕磕巴巴的英文腔，"I ……can't understand what you said.（我听不懂你在说什么。）"

呵呵。

请开始你的表演。

温言白了他一眼。

奸诈。

正想着，面前的人突然停下脚步转过身，她没注意差点撞上去："哎，你……"

"温言。"

他敛了笑意，一本正经地喊她，整个人站在晦暗不明的路灯下，零零散散多了些温情："你知道我为什么拒绝掉父亲安排的女孩子吗？"

心脏像忽然充了气。

温言感觉得到自己左胸腔位置慢慢膨胀起来，答案就在预料之中，只是……

她咽了口口水，呼吸都有些迟滞，心底又带着点隐隐的期待。

“温言。”他第二次叫她，微微低了低头，温热的呼吸几乎就落在她耳边上，“要不要在一起试试？”

“怦怦——”

心脏整颗炸掉，只剩大脑一片空白，她像丧失了思考能力，张了张嘴，半晌没说出话来。

然后，伴随着她思考能力一起丧失的，是她的——

钱包。

“喂！”

她反应过来的时候，小偷手里还捏着她的钱包，已经拔腿跑出去好远，紧跟着江森喊了句让她在这里等着之后也冲了出去。

顾不上什么心跳不心跳了。

鬼知道这些小偷被逼急了会做出什么事。

她也一路追过去。

巷子里光线比较暗，她扫了眼巷口纳凉的人群，刚打算喊人帮忙抓小偷，就看见江森快要追上小偷的时候，小偷忽然停下了。

温言：?

“你怎么不追了？”她跑过去，气喘吁吁，“我……”

江森用下巴指了指小偷跑过去的方向。

铁质的大门敞开，上面几个硕大无比的英文字母：

POLICE。

公安。

温言："……"

真刺激！

这年头小偷门槛都这么低的吗？不认路都敢出来行窃？

于是，两个人来了趟深夜公安局一游。

另一边，林措对着电话气急败坏道："泥（你）脑子是不是被狗吃了？"

"是，我说让你别把人弄死。"他气得咬牙，"没说让你找个只涨（智障）！"

我花大几万让你给人搞事情，你弄了半天就给我偷了只不到五百块的钱包，还把自己人给送局子里了？

那边还不服气，小声咕哝："你明明还说不准伤人。"

真是见了鬼。

收你点钱办事，要求比《中华字典》里的字都多，一会儿要说要教训教训人家，一会儿又说别真伤着人了，一会儿又说随便搞搞就好……

林措恼羞成怒："那你见过偷了钱包自己跑着去公安局报到的吗？"

"气死我了气死我了！蠢猪！"

……

温言简单做了笔录，拿回钱包再出来的时候，已经接近十一点。

有了这么一遭，江森打算打电话喊米茵过来送温言回学校。

温言却有点犹豫。

“江森，”她拿下他的手机，“那个……现在回去寝室已经关门了，宿管阿姨会骂人的。”

江森看了眼时间，确实已经过了十点半的门禁。

“那你跟我回酒店？”

“不是，我的意思是，”温言眨了眨眼睛，“你就没有兴趣干一票大的吗？夜深人静月黑风高的？”

想想就很刺激。

她一副“你懂得”的眼神。

江森：“？”

他消化了好半天，才默默地吐出一句：“你也想去偷钱包？”

温言：“你是吃‘直男丸’长大的吗？我是说，你有没有兴趣来个C市一夜游？”

她长这么大，还没有过夜不归宿的体验，今天突然心血来潮，想在外面溜达一晚。

“你不困？”江森看着她眼角兴奋的光芒，笑了下收起手机。

“年轻人！你怎么就——”

“江学长！！！”

温言刚准备嘲笑下江森老古板，就听到这么一声嗲兮兮软趴趴的嗓音，顿时虎躯一震，都忘了自己刚才想说什么来着。

萌妹子陈沅原本挽着一个高个子男生正说笑，看见江森这边，立马松了手小跑过来：“好巧啊，学长！”

江森抬了抬嘴角算是打招呼。

“学长你别误会，”她推了把身边的男生介绍道，“这是我哥们儿简琰。”

呵呵。

哥们儿？

温言优雅地翻了个白眼。

再看男生，脸色明显不太好。

然而，陈沅还一点儿感觉都没有，继续跟他介绍：“简琰，这是我……”

她故意顿了一下，笑得有点暧昧，然后往江森身边靠了靠：“我学长，也是很好的朋友，认识一下，以后可以一起玩啊。”

大概是前边几次搭讪都被温言搅了场子，这次觉得自己有了靠山，又见江森没有反驳，于是心里美滋滋的，得空还不忘特意挑衅地看了温言一眼。

温言：“……”

还真把自己当什么万人迷了？竟然想把追自己的和自己追的这两个人凑一起，还做着左拥右抱备胎成堆的少女梦呢啊？

真不知道该说她傻呢还是天真呢？

哦，对，等会儿要真打起来了估计这个男生还不是江森的对手，那就更没什么好担心的了。

想到这里，她抱着看好戏的态度默默地往后退了两步，只等着围观热闹。

正好微信消息响起，群里肉肉正在疯狂艾特她。

肉肉爱吃肉肉：“@温小言言十一点半了，你今天是打算夜不归宿吗？”

小鱼鱼鱼：“春宵苦短日高起，从此君王不早朝。”

肉肉爱吃肉肉：“哎对哎，她今天早上真没来上课！”

方或今天背单词了吗：“小鱼鱼你怎么变得有文化了？我有点不习惯。”

社会你絮哥：“楼上话题跑偏了。”

温言看了眼面前还在套近乎的陈沅，以及黑着脸上演真人版死亡凝视的简琰，再以及面无表情甚至有点想玩一把消消乐的江森。

嘿嘿嘿。

她低头噼里啪啦敲着屏幕。

温小言言：“对不住各位，我今晚也不回去了。”

群里安静了几秒钟。

方或今天背单词了吗：“楼上短短十三字，既无语气词，又无表情包，却从字里行间流露出作者的炫耀欣喜以及对单身狗狂虐的强烈欲望，言有尽而意无穷，妙哉！”

社会你絮哥："恭喜学霸方，这道阅读理解我给你101分，多一分允许你骄傲。"

肉肉爱吃肉肉："我也想要一只男朋友，我也想要夜不归宿……"

……

温言默默地窥着屏，看她们有一搭没一搭地扯着自己和江森的事情。

心里竟然悄悄地有点小开心。

"走啊。"她蹲在地上想得正嗨，面前伸过来一只骨节分明的手，"不是说要去玩什么一夜游吗？"

温言一仰头看见站在她面前的江森。

自己蹲在地上边抖边笑的猥琐造型瞬间收住。

咳咳咳。

她强行稳住形象，就着他的手站起来，左右扫了一圈："你的小学妹呢？"

"走了。"

"这么快？"她有点怀疑，"没要个联系方式再约个饭啥的？"

"要了。"江森很诚实，想了下，尽可能还原女生刚刚说的话，"她好像说自己最近心率不太齐，听到我的声音会安定下来，所以想要我的电话……"

"然后呢，"温言默默地吐槽了下陈沅的恶俗套路，又问，"你给了？"

“没有，我说对于骚扰电话，检察机关将会提起公益诉讼，至于心率不齐的问题，我建议她去医院心脏科看一看。”

温言：“……”真是令人窒息的操作。

我该说你直男癌呢还是该说你套路更深呢？

不过，结果她还是很满意的。

“满意吗？”江森似乎能看穿她的心思一样。

温言被问了个正着，不自在地摸了摸鼻子，移开视线，半晌没接话。

夜里有风吹过，两个人忽然陷入沉默，只剩周围三三两两还未散去的纳凉人群，还有偶尔嘻嘻哈哈打闹经过的小情侣。

气氛突然染上了一点点暧昧的色彩。

温言没来由地就想到那会儿江森问的那个问题。

——“要不要在一起试试？”

她咳了两声，俯身揉了揉蹲得酸麻的小腿，见江森刚刚有动作，生怕他再追问刚才的问题，于是抢先一步拽了他一把：“哎，我跟你说，前边有家火锅店超好吃，来来来，C市一夜游第一站之麻辣火锅店……”

江森低头，看见她泛红的耳尖。

大概为了掩饰情绪，她紧紧揪着他的衣角，语速却不自觉地加快，像个话痨一样，又不敢回头。

像只心虚的兔子。

要是能把她带回他的国家就好了。

他想。

几个高中生踩着滑板从他们身边飞速越过，带起一阵风，他往前跟上两步，手掌下移，一把牵住她的手。

她似乎下意识挣了下，然后再没松开。

3.

南新巷里的火锅店已经是一家百年老店。

内部翻修了好几次，保留下来的是古老又美味的火锅配方，以及传统的变脸表演艺术。

舞台上正在演绎经典节目《归正楼》里的场景，劫富济贫的贝戎激怒官府，被官兵按照画像处处追捕，但其三番五次施用“移容术”改变外貌，从而逃脱。

老演员技艺纯熟，举手投足间都是气势，三两下就变幻了不同色彩的脸谱。

下面吃饭的顾客拍手叫好。

温言一边往嘴里塞牛肉，一边低头跟夏絮发消息：

温小言言：“絮哥絮哥，江湖救急，我……我可能……”

要脱单？

可是她还没有想好，说不定江森只是一时脑抽了呢？

说不定她听错了呢？

说不定……

哎算了。

社会你絮哥：“有屁快放，磕磕巴巴的算什么爷们儿？”

温小言言：“别这么粗俗，我本来就是个小可爱不是什么糙爷们儿。”

社会你絮哥：“对方已拒收您的消息，还对您放了个屁。”

温小言言：“说正事，如果，我是说如果啊，有一个你曾经很讨厌的男生，突然就……”

社会你絮哥:“突然就什么啊？你怎么说话老说一半扭扭捏捏的，跟个娘炮一样！”

社会你絮哥：“该不会是突然就……死了吧？”

温言：“……”

您想象力还真是有点丰富啊。

温小言言：“突然就跟你告白了，怎么办？”

社会你絮哥：“是他瞎了还是我聋了？”

温言不知道该怎么跟夏絮解释自己和江森现在的这个情况，可是603寝室除了夏絮心态稳一点、神经粗一点以外，其他几个人哪个不是八卦狂热粉，必要的时候还会福尔摩斯附体，分分钟猜出她的绯闻对象？

好吧，虽然现在她的绯闻对象已经很明显了。

她抬头看了眼正认认真真看着变脸表演的江森。

他端端正正坐在椅子上，一只手端着茶杯递到嘴边，还像模像样地先放在鼻端轻轻闻了两下，然后才慢悠悠地品了一口。

放到以往，她肯定得吐槽这家伙是个装逼狂魔。

可是眼下，这种老大爷喝茶的动作放在他这个小洋人身上，竟然也不觉得突兀，甚至有点……撩人?

她收回目光，默默地压了压自己的小心脏。

然后忽然想到什么，从桌上拿起手机。

温小言言："絮哥，比如说，我打个比方啊，你那个小学生突然跟你说喜欢你，你怎么办？"

603寝室里。

正在对着一桌子的火红玫瑰花发愁的夏絮看到这条消息，差点儿一个跟头把自己栽下去。

怎么办?

她也想知道怎么办?

鬼知道他中了什么邪，才忽然打起她的主意来?

是她不够凶吗？不够爷们儿吗？还是……

她苦恼地挠了挠头。

从小到大，夏絮身边的男生基本上可以分为两类。一种是打得过她的，后来就成了好哥们儿；另一种是打不过她的，后来见了她就躲着跑……

以至于时间久了，她都快忘了自己是个女儿身了，至于少女心什么的，早就就着馒头消化完进了下水道了。

林措突然来的这一套，是真的打得她一个措手不及。

所以，她想了半天也没想出个所以然来。

可能……

社会你絮哥：“可能是他认错人了？”

温言眼巴巴地盯着手机，就等着她最亲爱的敬爱的可爱的絮哥在慎重思考之后，能给她一个成熟的完美的答案，结果呢？

她等了将近十分钟，就等到一句“认错人了”？

认错人了？

认错人？

温言：“……”

表白这种事情也是能认错人的吗？你还不如说他有病呢！

人群忽然一阵喧哗。

她回过神来，隐约听了两句，好像是台上的戏班子换了人。

温言才想到，今天周三。

这家店里有个不成文的规律，每逢周三，老板也就是全国知名变脸老艺术家，会亲自上台表演镇店的经典压轴曲目。

陆老爷子从老师父那里接手变脸艺术近五十年，年轻时候曾在各地出演，又在不断摸索和研究的基础上，对传统变脸艺术进行了新的革新，一度在世界艺术界引发轰动。直到几年前妻子病重，他这才退出艺术界，拒绝所有媒体采访与邀约，彻底隐退。

但这依然不影响老一辈人对他的追捧。

每逢周三，店里必定座无虚席，生意火爆。

台上叮叮咚咚的背景音乐响起，浓妆重彩的老爷子出场，几乎是眨眼之间，彩色的脸谱完全变了模样……

所有人拍手叫好。

温言从手机里抬头，放下刚吃了一半的牛肉，手忙脚乱地就跟着鼓掌。

她是不太懂这些戏曲的高大上内涵，但每次只看到举手之间脸谱不知不觉发生的变化就会觉得神奇，有好几次她甚至暗戳戳混到了后台，想去研究下这其中的玄机。

遗憾的是。

即便只是学艺不精的小学徒，她近距离也没能看出个所以然来，还真是吊足了她的胃口。

她看得太入神，直到台上一场戏落幕，才回头看向江森，激动地想跟他显摆显摆自己国家的精湛传统艺术："哎你知不知道这个是……"

话说到一半，她才留意到江森似乎有点走神。

他还保持着看向台上的动作，倒是她夹到他碗里的东西他没吃多少，整个人周身的气压似乎有点低，轻微皱着个眉头，也不知道在想什么。

温言默默地吞下嘴里的东西，舔了舔嘴角，有点不好意思地摸了摸手臂。

好吧，是她的错。

她没考虑到,这种古老的咿咿呀呀的节目对于江森这个“歪果仁”来说，难度可能实在有点高，他有可能从头到尾都没看明白过。

“Are ……are you ok?（你还好吗？）”她伸手在他面前晃了晃。

江森回过神来，眉头松懈下来，牵了牵嘴角：“怎么了？”

温言：“？”大哥，该我问你怎么了吧？

“你不喜欢的话，要不，我们换个地方？”她问。

江森看了眼台上，回道：“没有。很好看。”

温言：“……”你确定吗？

“言言，”他抬头看她，一脸认真，“要不，晚会的时候，我来表演这个吧？”

他指了指台上叮叮咚咚的变脸秀。

然后，温言整个人都呆住了。

大兄弟，你知道你在说什么吗？

两个人最后还是没有完成“C 市一夜游”。

因为看完变脸已经接近凌晨两点，温言的眼皮子实在撑不下去了。

刚开始的时候，她还有精力跟夏絮探讨下感情问题，再到后来就变成苦口婆心劝 C 大的国民男神别跟脸谱过不去……

从火锅店出来以后，她其实已经困得不行，但是又不肯死心，在提出去网吧打游戏的建议被拒绝之后，她又强拖着江森转战

KTV。

倔强女孩绝不认输！

然后——

在她极不走心地号了两嗓子“喜羊羊美羊羊”以后，她就成功地躺在沙发上和周公幽会了。

江森走过去捏了捏她的脸：“言言？”

温言正梦见自己为了江森跟林措决斗，迷迷糊糊中感觉有人在拽自己，想也不想一巴掌就呼了上去：“给本大侠躲着点！”

莫名其妙被呼了一巴掌的江森：“……”

他又气又笑地拍了拍她的脑袋，最后给米茵打了电话。米茵过来还需要一段时间，他直接背着意识不清醒的温言先往外走。

4.

夏天的炽热已经渐渐淡去，凌晨三四点的街道一片清凉，路上没什么人，只剩下草丛里不知名的小虫叫声，显得格外明显。

温言盖着江森的外套，出了大门被风一吹，她睡意其实就已经散去了不少，但她还是很无耻地装作自己还睡得迷瞪。

“江森……”她哼哼唧唧喊了声。

“嗯？”

“有点冷。”

他两只手微微用力，稳定好背上的人，然后腾出一只手来紧了紧披在她身上的外套："等会儿米茵过来接我们。"

"江森。"

"嗯？"

"要不……"温言终于有点忍不下去了，"你放我下来吧，我最近吃得有点……多。"

回应她的是两声轻笑。

温言有点恼羞成怒了。

她其实也是想试探一下，江森今天晚上跟她说那句话的时候，是不是一时心血来潮还是像夏絮说的那样"认错人了"——尽管后一种说法本身就很扯。

本来他前边的表现都快要让温言相信了。

毕竟她没什么耐心去背一个又能吃又能睡还屁事多的女孩子。

可是呢，他最后那两声笑让整个事情彻底崩了。

正常情况下，在听到女孩子直接间接地说自己胖的时候，正确的做法难道不是第一时间否认并且说些"女孩子就是要白白胖胖的才可爱嘛"之类的话吗？

温言挣了挣。

"温言？"

江森牵着嘴角侧过头看她："其实你可以试试，你的肉跟我的肌肉哪个长得更快一点？"

温言："……"妈妈！这里有个人在跟我秀肌肉！

不过——

她清奇的脑回路又发挥了一下，然后决定原谅他。

毕竟他跟普通人不一样。

别人的腹肌可能是泡健身房才练出来的，但江森应该是不得已的吧？

豪门里流落在外的公子，迫于生活压力，从小受尽白眼，孤苦可怜，身兼数职，可能一天要打十份工，什么肯德基麦当劳服务生啊、酒吧驻唱啊、啤酒推销员啊、健身房教练啊……成天累死累活的，别说肌肉发达，就连手上的茧子都比正常人要厚一些吧。

她想证实一下自己的揣测，于是趴在他背上，以一个极其艰难又猥琐的姿势俯身去够他的手。

江森：“？”

“你这是……想趴在我背上再下个腰？”

温言：“……”

误会误会。

她重新趴回来，迷瞪着眼睛想了想：“江森，没事的。”

她叹了口气，很是霸气地拍了拍他的肩膀：“苦尽甘来，那些不好的事情都会过去的，以后等待你的都将是星光大道。”

江森：“……”

“你看啊。”

温言见他半晌不说话，以为触动了他的悲惨过往，于是继续安慰道：“古今中外有很多名人在童年时期都经历过一些不好的事情。曼德拉九岁时父亲去世，自己还一度被学校除名；牛顿小时候被同学耻笑；匡衡家境贫寒靠偷光学习……大家小时候多多少少都经历了一些不美好的事情，但是都会好起来的对不对？虽然你家庭情况有点特殊……”

江森脚步顿了顿。

她抬了抬下巴，别过眼去看他。

逼近黎明，天色已经不那么暗，薄薄的灯光从头顶落下来，映出他深刻的五官轮廓。

她第一次这么近地看他。

他皮肤很白，隔着几公分的距离，甚至可以清楚地看见他额上淡青色的血管，再往下是一双蓝得通透的眼睛，深邃得如同一汪清泉。

她没忍住，鬼使神差地伸手去戳了戳他的睫毛。

江森忽然抬眼。

两个人只剩下不到一厘米的距离，呼吸近在咫尺。

她像做亏心事突然被抓包，立马垂眼，克制住怦怦直跳的心脏，尽可能装作若无其事的样子继续刚才的话题。

“虽然……虽然你的家庭情况有点特殊……”她大脑有点混沌，感觉思想有点不受控制，几乎脱口而出，“但是以后有我啊……”

以后有我啊。

江森蓦地笑了。

他背上的小姑娘还半张着嘴，眼底铺着零零碎碎的灯光，看上去有点茫然的样子。可她下意识的一句话，却让他觉得这一瞬间足够他铭记一生。

不是因为多么惊心动魄刻骨铭心，而恰恰是因为，简单到不掺杂任何多余的心思。

只是想对这个人好，所以就对他好。

爱憎分明，不为其他。

他其实一直不太清楚，在她想象中，自己到底是一个什么样的背景和家庭。

可是特殊却是真的。

特殊到全球5亿平方公里只有230个相似的家庭，特殊到整个帛莱36万平方公里他的家庭是唯一的例外。

他生来背负无上的荣耀，活在所有人的羡慕与尊敬里，可他背负的同样也是一整个国家的责任。他从小到大接受最高等的教育与最严格的教训，连睡觉的时候都必须保持警惕，他是一整个国家几百万人民的储君，自然不被容许有片刻松懈。

他也见惯了王室里不同臣子间为了权势钩心斗角，为了地位不择手段。又何尝不是像今晚看到的戏剧那样，每个人都戴着层层假面，根本看不清人心。

他来到这个古老的国度，除了想要学习一些古老的治国之道以外，也是在他正式继位前的一次放松。

事实证明，此行是值得的。

除了那些古老的文化，他更是收获了些别的。

他牵了牵嘴角，到了嘴边的解释的话突然就咽了回去。

“对，以后有你。”

温言回过神才反应过来自己说了什么，她尿兮兮地缩着脖子把脑袋往下埋了点，随口转移话题：“我是说，一日为师终身为父，我是你爸爸！照顾你是应该的。”

“哎，江森，你爸爸是个什么样的人啊？你上次回去，家里还OK吗？最近还会回去吗……”话说到一半，她又忽然想到另一件事，有点心虚，“我刚才其实没睡着，我骗你的，你放我下来吧，我自己走，不然这样搞得我跟生活不能自理一样，会折寿的！”

江森没松开她，反倒托着她的双腿又将人往背上送了些，自动忽略掉她后半截话，笑了下：“你说得没错，我家里情况比较特殊，不过我父亲是很优秀的男人，我很尊敬他，以后你会见到他的。”

啊？

温言抠了抠手，心里紧张了一下。

不知道是不是她想多了，她总能从那句“以后你会见到他的”听出了见家长的意思。

“家里有一些事情，但是我能处理好。”江森还在挨个回答她的问题，“我最近暂时也不会回去。”等你以后一起回去。

他挑了挑眉，最后一句话没说出来。

“我听说，”他看了眼背上的人，“在中国，两个人成婚之前，是要先了解清楚对方的家庭情况，然后双方父母要聚在一起吃个饭的，对吗？”

嘿，你知道得还挺多？

然后，温言没忍住，又多想了。

——他问这话是什么意思？

“最好还要男方有车子和房子还有存款，对吗？”

“对……的吧。”温言磕磕绊绊，想到江森的家庭情况特殊性，又补充道，“其实也不一定，现在21世纪了，讲求男女平等，女生也很独立的啊，我觉得还是两个人的三观最重要，也没必要考虑那些老旧的条条框框……”

就算你以后被豪门宫斗逐出来了，大不了我养你啊。

温言心里想着，又后知后觉发现自己的想法有点……危险。

两个人连恋爱都还没谈呢，她怎么都已经脑补到结婚养他的那步了。

温小言言，你……有点可怕啊！

“其实我能理解。”江森倒挺严肃，一脸认真，“经济基础决定上层建筑，从父母的角度来看，自家女儿的幸福快乐是第一位。但是感情这种东西，看不见摸不着，仅仅凭借男孩子的口头承诺或是热恋时的温情表现，根本不能让父母感觉到保障，他们所要求的物质条件，虽然同样不能保证孩子的幸福，但从某种程度来讲，也只是为了寻求安全感的一种。这是可以被理解的。”

第二次了！

上次也是这样，一本正经地在跟她讲爱情与性，这次又跟她讲婚姻，明明就只比她大一岁，为什么感觉他活得跟个正直又富含哲理的老人家一样？

她想了想，还想辩驳两句："可是……"

话没出口，她突然有种自己是渣男的感觉。

好像有什么不对吧？

剧本拿反了吧？

为什么现在反倒变成了作为男方的江森在替她作为女方的父母开脱？

不对不对，等等！

重点不是这个！

谁能先来告诉她一下，明明什么都还没有发生，为什么现在他们两个人已经开始在为婚姻的事情做讨论？

车子驶近，换为近光，然后缓缓停下。

米茵恭恭敬敬替江森打开车门，忍不住又多看了温言一眼。

她根本就没有离江森太远，半个多小时以前接到短信过来接人，结果刚到门口，她又收到命令，要求她开车先在周围绕半个小时以后再过来。

她："？"

直到她看到她最尊贵的王子殿下背着这个小姑娘在外面慢慢

晃悠。

她还是第一次见他这个样子。

怎么说呢？

平日里说一不二冷静自持的人，竟然会跟小孩子一样开始贪恋跟小姑娘多待的那一小会儿时间。

即便忙到晨昏不分，也不愿假手与人，亲自去查去了解这个国家最俗世里的各种小讲究，一个普通人家嫁娶之事，硬是被他做出了一种撰写文献做科研的感觉，并且甘之如饴。

她好像知道这几天他不停查看各种房源以及装修琐事的原因了。

/第八章/

大兄弟，你凭本事单的身啊！

1.

校庆在即，部门里每个人都忙得团团转，林洲把重头戏压在了江森身上，但是他没自信搞定正主，只好天天跟在温言屁股后边催进度。

“我最亲爱的敬爱的可爱的小学妹呀，你快点跟我说说我们的C大男神到底准备了什么节目好不好？”

林洲一天之内第三次追来文艺部了，狗腿地拎着奶茶递过去：“我可跟你说，这次晚会啊特别重要……”

他伸手指了指天，使了个眼色：“那天上头不少领导会过来，咱们这次可得安排齐全了，你们家那位我可是当作顶梁柱来捧的，消息都散出去了，嘿嘿嘿！”

“留学生就是得露个脸嘛，让领导看出来我们与外国校友相处融洽，大家都多才多艺，积极热情！不然显得我们C大多没人气不是？”

温言跷着二郎腿，侧过身去跟旁边的同学商量了一下晚会策划方案上的细节，然后淡定地吸了口奶茶，头也不抬地应着林洲：“我不是都说了吗？他答应了会参加的，节目单我也已经报上去了呀，变脸，你没听说过吗？”

她伸手抹了把脸，模仿着表演的动作：“这个！‘咿咿呀呀’然后‘噌噌噌’变脸那个！学长，你可是本地人啊，没道理不知道的吧？”

旁边新来的小学妹捂着嘴笑了下。

林洲都快要崩溃了，他怎么可能不知道什么是变脸，他就是不敢相信江森真要表演这个好不好？

“不是，我说，温小学妹啊！”他挠了挠头，心情实在复杂，“你真不是在跟学长开玩笑，你家那位真要表演变脸？你知道什么是变脸吗？你知道变脸是什么吗？你……”

温言：“……”

你怎么比我当初知道这个消息反应还大？

再说了，你以为我没劝过吗？

我能怎么办？我也很绝望啊！

她想了好半天，也还是没能憋出一句安慰的话，只好默默地拍了拍林洲的肩膀，吐出两个字：“节哀。”

林洲见她这样子，就知道这事儿真没开玩笑，他整个人都快哭出来了。

他求爷爷告奶奶的，想方设法把江森弄过来为了什么？还不就是冲着他那张人气冲天的脸。

到时候他一出场，全场轰动，气氛冲向高潮，多好！

可这小哥哥倒好，文艺风，嘻哈范，高冷风，神秘范……随随便便一个也好啊，偏偏搞了个老爷爷老奶奶才喜欢的节目？

到时候脸上涂得五颜六色的，谁认得出来那是C大小男神啊？

“言言？”夏絮敲了下门进来，把手里的文件袋丢过去，“喏，哥就帮你到这里了！”

温言接过来打开看了眼，林洲也把脑袋凑过去，瞄了一眼之后，只能说，透心凉。

“不过——”夏絮担忧地看了眼温言，“你这差事还真是一言难尽，你们家那位怎么想到要去学这个啊？我跟你说，老师傅的喜好和资料我都给你弄来了。

“但是吧，这老头子脾气倔，别说江森那么标准的一张外国脸，就算是咱们根正苗红的中国人，他也不轻易收徒弟的！”

林洲趁势继续劝：“小学妹啊，要不然你再劝劝老江？何必费这力气呢不是？”

夏絮看了眼林洲一脸悲催的样子，吹了声口哨，幸灾乐祸：“哟呵，学长您也有烦恼的时候呀？”

林洲作势就要冲过来揍她。

“大佬宝贝！”

门外传来响亮的一嗓子。

几乎是同一瞬间，夏絮的气势就蔫了一半，红着脸就要溜，一转身刚好被高大的人影拦了个正着。

对方邀功似的：“大佬宝贝！你登录游戏看看，你想要的英雄皮肤我全给你买了！”

夏絮：“……”

林洲收了手势，学着她刚才吊儿郎当的样子吹了声口哨，报复意味十足。

夏絮狠狠剜了他一眼，然后才转过身去看着林措，尽可能平复心情：“五弟呀，我不是说了吗，你以后不要给我买这些乱七八糟的了。”

林措笑了声，一挥手霸道总裁味儿十足：“小事！你想要什么金光（尽管）说。”

“呃……”夏絮耐心尽失，无语地揉了揉头发，“你到底想干什么啊，学校保安怎么把你给放进来了！”

“我要追你啊。”林措一脸乖巧：“I treat them to dinner every day.（我每天都请他们吃饭。）”

想到夏絮最烦他讲外语，他又立马切换过来：“我说我女朋友在遮（这）里，还给他们砍（看）了你的照片。

“包安熟熟被我肝动了。（保安叔叔被我感动了。）”

看他那样子，还挺骄傲？

夏絮要疯了，她现在平均每周收七束花，二十一份外卖，三十杯奶茶，随机掉落奢侈品快递……

不知道的还以为她被包养了。

温言捂着嘴偷偷笑。

这家伙暴躁起来跟头大龙似的，在夏絮面前还真能化身小奶狗啊？

这算一算也有段时间了，搞不好这次是认真的？

这兄弟俩追起妹子来，套路还真的完全是两个样儿啊！

“想你们家老江怎么没给你买呢是不是？”

林洲忽地凑到她耳边上，温言被吓了一大跳，一口奶茶没吞下去呛得自己直咳嗽。

“哈哈哈，被我说中了！”林洲得逞大笑。

林措这才不耐烦地扫了他俩一眼:“laji！你们俩在偷偷说什么？磕什么磕？（咳什么咳）”

温言：“……”

“嗬！”他看了看温言，再看了看旁边嘻嘻哈哈的林洲，然后冷笑一声，不满地咕哝，“江森头上好像要Green（绿）了……邀（要）想生活过得去，头上怎能没点缕（绿）。”

温言:“林措，你中文很有进展嘛，还知道‘头上怎能没点绿’？”

林措有点得意，很不屑地别过头。

他这么多场游戏可不是白打的，这么多场直播可不是白看的，中文当然也不是白学的！

“絮哥，”温言拎起旁边的背包，冲夏絮发送了个爱的小眼神，然后往门口走，“要不你就从了你五弟呗？”

咦？

林措眼睛亮了下，转过头看了眼温言。

“看我干吗？”温言模仿他傲娇的样子，“我是觉得只有我们家絮哥镇得住你，完了你就可以少给你哥添点麻烦！”

见他刚动了动嘴角，温言立马替他说出来：“laji！对不对？哈哈哈……下次姐姐给你教两句新词，你总这样没台词，是泡不到妹子的！”

林措虽然还是绷着嘴角，但眼神已经开始闪烁，明显有点心动了，就是硬憋着不说。

温言有点想笑，强忍着没表现出来，又起了点逗弄他的小心思。

于是，她随手把包放在旁边，走过去上下打量他一番，清了清嗓子，然后又咂吧咂吧嘴，露出一脸嫌弃。

就在林措实在忍受不了快要发作的时候，她忽然压低了声音：“你知不知道你的大佬宝贝喜欢什么样的男孩子？”

林措彻底蒙了。

他只知道买买买，只知道想追她，但是她到底喜欢什么样的男孩子，这个问题，他还真……不知道。

“虽然我们絮哥看着狂放不羁，但是吧！”温言扛着被夏絮用眼神杀死的危险，继续跟他说，“她骨子里其实很传统很保守，还是喜欢中国男生……”

“我可以移民！”林措想也不想，脱口而出，“可以加入中国国籍，我都OK的，我可以……”

他停顿下来，看了眼夏絮，放慢了语速一字一顿：“我会好好学中文的。”

温言：“……”

也不知道夏絮给这毛头小子下了什么蛊，他想也不想连国都能“卖”。

夏絮受不了这种含情脉脉的直白小眼神，不自在地咳了声，只好转身狠狠地瞪着温言。

温言往林洲和林措身后躲了躲：“哎，絮哥，不是，你试试呗又不碍事，七天无理由退换货，怎么样？就——”

夏絮一记眼神过来。

她默默地闭了嘴。

林洲嘻嘻哈哈笑了下，然后回身一脸狗腿：“那个，大兄弟，其实吧，女朋友没什么好的，要不，你考虑下找个男朋友？我游戏里也挺缺皮肤的，而且重要的是，我这个人啊，很好说话的，还很温……”

“我不喜欢男人。”林措一脸认真地打断他。

“哈哈哈……”温言不厚道地嘲笑了林洲一波，然后踮了踮脚，强行装出一副很是老成大气的样子拍了拍林措的肩膀，“年轻人，你加油，我看好你。”

“好。”

林措乐了，这可是第一个支持他的人。

他之前还挺烦温言的，特别是在听说以及亲自见识到了她跟江森的亲密关系之后，不知不觉就把她当作敌人看待了。一来是跟他抢哥哥的敌人，二来是和哥哥在一起以后要一起训斥他的人。

但是现在……

他开始追夏絮了之后，忽然就觉得自己大概能理解江森了。

而且，如果温言愿意帮她追夏絮的话，好像也没什么不好？

大不了就原谅他们好了。

至于乔治那边……

成天争争斗斗偷偷摸摸跟个傻子似的，一点也不酷，再说了，那什么储君啊王位啊哪有游戏好玩？哪有和夏絮一起好玩？

而且，他要是真去筹谋那些东西，他以后还怎么跟夏絮在中国定居啊？

“那你……”他伸手去拽温言。

“我下次再教你哈！”温言一边躲着夏絮的“追杀”，一边拍掉林措的手，“你放心，帮你追女神这事我包了。”

嗯。

林措很满意，然后强行扯着温言加了个微信，这才把人放走。

2.

温言跟江森约好去拜访陆老爷子的，其实说白了也就是拜师学艺。

是的。

即便温言劝了好多遍，可江森还是不死心，下定了决心要去学变脸。

她也没有办法，只好拜托夏絮打探了些陆老爷子的资料，也算是临时抱佛脚。

陆老爷子本名陆世宴，接触变脸近五十年，曾经在世界范围内进行演出，是该行业内重量级人物。

但是为人脾气倔强，特别是在爱人去世之后，他几乎彻底隐退。手里唯一的一家老店，也交给了侄子打理，自己住在C市偏远的郊区，养花种草，很少跟其他人打交道。

温言不太赞同江森来学这个，其实也不是因为林洲那样，对变脸有什么别的偏见。相反，她一直觉得变脸是很棒的艺术。

只不过，学艺又不是买个大西瓜那么随意，更何况变脸里的各种技巧和繁杂要求，断不是一两天就能学会的。

最重要的是，她实在没有信心搞定那个犟脾气的老爷子去教江森这么个外国人……

大巴车颠簸了一路。

下车的时候，外面已经下起了大雨，温言在包里翻来翻去也就只摸出了一把迷你遮阳伞，还是断了一根伞骨的那种。

两个人就这么撑着一把身残志也不坚的小花伞，提着大包小包的礼物，走了大概有一公里的小路，才终于找到了陆老的住处，更不巧的是——

大门上了锁。

温言偏不信这个邪，她使劲拍了拍门，还信誓旦旦地跟江森分析：“陆爷爷脾气不好，这几年也不怎么跟人打交道，而且你看，这么大的雨，这地方又这么偏，正常人谁要跑出去啊？”

江森并不这么觉得，哪里有这么复杂，就不能只是单纯地出个门吗？

温言继续：“我跟你说，一般情况下，这都是老师傅故意摆谱儿故意不开门，为的就是考验你的耐性与诚心。”

古代拜师学艺都是这么个套路！

温言觉得自己早已看透一切。

江森见她说得情真意切，于是配合她：“是吧，那我应该怎么做才能显示出自己的诚意？”

“要不，在门口跪个三天三夜？或者学杨时程门立雪，你来个‘陆门立雨’？”

“再不行的话……”她眯了眯眼睛，“切……切腹自尽？”

江森：“……”

“你们在做什么？”

两个人正说着，身后传来一道中气十足的声音。

温言回过头就看到正从不远处走过来的老爷子，他穿着身黑色唐装，手里举着把黑伞，两鬓斑白却依然精神矍铄，浑身上下透露着威严的气场，看着就有点不太好相处的样子。

温言下意识就缩了一下，又想到自己来的目的，立马接过江森手里的礼物，开始卖乖：“那个，陆爷爷，我们是……”

她话还没说完，老头子哼了一声，拎着手里的蔬菜袋子直接绕过他们去开门：“不见客，不吃饭不喝茶，不接受采访，两位好走不送。”

“哐当——”

大门重新关上。

温言和江森对视一眼。

得！

话都没搭上就稳稳地吃上了闭门羹。

这次真要“陆门立雨”了。

天色渐晚。

大雨丝毫没有停歇的架势，现在也已经过了夏天最热的那段时间，两个人都穿得单薄，江森倒还好，温言的小臂上很快就起了一层鸡皮疙瘩。

中途陆老还出来丢过两次垃圾，根本看都没看他们俩一眼。

受凉的是温言，但是最先撑不下去的还是江森。

他摸出手机要喊米茵过来接人，打算自己在这里继续等着。温言抢先一步从他手里拿走了手机：“江森你是不是傻？我跟你说，老人最疼女孩子，我在这多受会儿冷，搞不好老爷子于心不忍就出来了。”

江森：“……”你想得怕是有点多吧？

温言继续说：“反过来，我要是走了，就你？这么一五大三粗的糙汉子，陆爷爷才懒得理你！”

是吗？

江森被她这歪理搞得有点哭笑不得，又有点无奈，伸手紧了紧她身上的外套。

温言当然是瞎扯的。

她看过夏絮给的资料，又在网上查过不少陆世宴的消息，他脾气本来就不好，江森一个“歪果仁”哪里懂得那么多中国的人情世故，她要是不在场，就算陆世宴肯见他，这俩人肯定也会当场闹僵。

江森拗不过温言，两个人只好在门外继续等着。

也不知道是不是温言的歪理成真，晚上快十点的时候，大门被人从里边打开。

陆世宴还是黑着张脸，但是气场明显柔和了一些。

温言立马做出一副诚心诚意又乖巧的样子，说明了来意。

陆世宴很是嫌弃地看了江森一眼，嗤笑一声："就他？"

"小姑娘，不是我老头子为难你！"他回身看着温言，一脸严肃，"现在的年轻人个个心浮气躁，想跟我学变脸的不在少数，说的比唱的好听，可哪个是真心想学的？要么为名，要么为利！我们老祖宗留下来的手艺就是这么被玷污的！"

他想想就来气，指了指江森："就这么个老外，他懂个屁！还不是图个新鲜？

"我也是看在你小姑娘可怜巴巴受冻的分上，才出来跟你说一声，趁早回去洗洗睡吧！"

"陆老先生，"一直没说话的江森开口，"我……"

"没你说话的分儿！"陆世宴冷着脸斜睨他一眼，直接将人打断，抬手按了按眉心，耐心尽失，转过头看着温言，"别跟我说什么崇尚中华文化！这话我听得多了，可我们的东西被他们毁掉的还少吗？嗬！毛头小子一个，连《三字经》都背不齐全，毛笔都拿不稳，有什么资格说仰慕中华文化，有什么资格来拜师学艺？"

江森还想说什么，被温言一把拽住。

她很会钻空子，仰着头眨巴眨巴眼，一副无辜又认真的模样："爷爷，那您的意思是不是说如果他会背《三字经》，会用毛笔，您就愿意稍稍教他一下下？"

陆世宴有点无语，甩了把袖子直接就想走。

温言却往前追了两步，要赖揪住他的衣角卖可怜："就教一点点，求求你了。"

陆世宴停下脚步，斜睨了她一眼。

小姑娘身上披着宽宽大大的男士衬衫，伞歪到一边，脸上淋了些雨，头发湿漉漉地贴在额头上，可眼底却是一片温热。

她身边的男生个子很高，白皮蓝眼，一副好皮相很是出挑。撞上他打量的视线，目光沉沉，不卑不亢，也没有半分躲闪的意思……

哼。

倒有几分他当年拜师学艺的风范嘛！

两个人对视良久，谁也没有说话，空气突然安静下来，只剩身后的隐约风声。

江森半边身子还浸在雨水里，随着温言的小动作往前移了点，抬手帮她遮雨的动作却一直没变。

也不知道想到了什么，陆世宴紧敛的眉心慢慢松垮下来。

半晌，他长长地叹了口气。

“进来吧！”他转身推开大门，“二楼左手边是书房，明天早上我起床的时候，《三字经》外加一幅中国水墨画，怎么样？做得到吗？”

温言疯狂点头，就差给他跪着谢恩了。

江森倒还算淡定，只不过眼底的感激与欣喜也藏不住。

陆世宴擦了擦手，傲娇地哼了一声：“别说我没给你们机会，做不好了明天一大早就走！”

“好好好！”温言扯着江森立马上楼。

哼，两个小崽子！

3.

二楼的书房布置极简，整面墙都装了书柜，满满当当全是中外各种藏书。看得出来虽然时常被翻阅，但主人细心，都保存得极为妥当。

书桌上文房四宝也一应俱全，只是……

“你会画画吗？”温言很没底气地问。

江森从旁边拿了条毛巾过去帮她擦头发，漫不经心地回答：“会一点点。”

会一点点？

那就是会很多了啊。

温言的眼睛一下子亮了。

这么看来她只要教会她背《三字经》，明天早上就可以顺利拜师了，完美！

“那……”她想了想，“你打算画什么啊？《三字经》你不用担心，很简单很顺口的，你智商那么高，我又这么会教，一下子就能搞定，剩下就只要考虑一个问题了，那就是你画什么？”

当时不赞同他学这个的是她，但最后帮他查资料买礼物找地方的还是她，确定他下定决心以后，她对这件事就比他还要上心很多。

江森看着她自己激动得不行的样子，忍不住牵了牵嘴角。

“山水行不行？”温言抹了把头发上的水，还在喜滋滋儿地想着，“还是画个什么花鸟鱼虫类的，或者人物？风俗？既然是拜师，我们是不是要画一个应景一点的，最好能体现真心诚意的那种？要不然，我们就画个‘陆门立雨’？哈哈哈……”

好吧。

虽然她很积极很认真，但是，他还是得提醒她一个残酷的事实——

“温言。”

他把手里的毛巾丢到旁边，拎了条毯子披到她身上：“我不会用毛笔。”

几乎是一瞬间。

温言脸上的笑容崩掉了。

你……你不是说会画画吗？

江森也没撒谎，他以前学过几年素描，只不过水墨画这块根本不曾涉猎，更何况他根本都没有用过毛笔。

所以，一晚上时间，到底要怎么样才画得出来一幅水墨画？

温言压着嘴角，一脸绝望。

你这是在故意为难我啊！

江森倒还算淡定，他看了看瘪着嘴巴的温言，也没说话，走过去把空调温度调高了些，收拾好旁边的榻榻米，然后用毯子将人裹着推过去："睡吧，剩下的事情交给我。"

温言缩在毯子里，仰着头看他："你打算怎么办啊？"

"画啊。"

"可是……"她犹豫了下，"万一明天早上他还是不愿意教，怎么办？"

他眯着眼睛，似乎在认真想办法。

就在温言已经做好听他一整套完美的 Plan A 和 Plan B 的时候，他清了清嗓子，一本正经地开口："那……那我就揍他，揍到他教我为止。"

一本正经的样子却配上林措式暴躁语，温言没忍住"扑哧"一声笑出来。

她突然想起来，好像从来没有正面跟他聊过他和弟弟之间的事情，也不知道在她不认识他的那些年里，他们兄弟俩到底都发生了什么，才让林措总对他露出一副嫌弃与厌恶的样子。

"江森。"她收了笑，抬头看他，"要不，你跟我说说你和林措的事情？"

江森有点诧异。

温言忽然想到，在他们国家都是极重隐私的，家里的事情以及兄弟的感情，或许没理由随随便便讲起来，她立马又摇了摇头解释："那个，我没有别的意思，因为在我们这边的人情味比较重，所以一时忘了，要是不方便的话就……"

而他诧异的其实只是她愿意去听听他们之间的事情，而不是一味地指责林措或者畏惧厌恶他之类的，毕竟之前，提到林措，更多人都是缄默与无语。

“没有。”他伸手拍了拍她的脑袋，笑了下，“林措以前确实做了很多不太好的事情……”

他在她身边坐下来，讲起以前的事情。

从林措出生的那一刻起，他就有保护他的义务，毕竟他只有这么一个弟弟。

很多人都觉得王室没有感情，大家看到的也都是那个高贵冰冷面面俱到甚至有些铁腕的王室储君江森。

在林措出入酒吧、打架滋事，甚至吸毒的时候，很多人猜想他会置之不理或是再推林措一把，毕竟有弟弟在的一天，他的权势就有可能受到威胁一天。可是后来他插手了，冷脸训斥，甚至一度将林措送入少年犯罪机构，再后来强制性押林措戒毒……

大家又开始猜，他可能会借这个机会在背地里对林措下手……

但，让他们失望了。

其实江森能理解弟弟的做法，说到底他就是孩子心性，和王室之外的所有普通小孩一样，他讨厌被哥哥的光芒所掩盖，讨厌被忽视。之所以做那些事情，在很多时候，也只是为了博得大家的关注，他需要存在感，需要被看见，只不过选错了方式。

江森隐去了王室这一大背景，讲了很多和弟弟之间的事情。

温言默默地听完，眼底的疑惑越来越重，最后实在没忍住：“所以你不是私生子？”

江森有些哭笑不得：“我看上去像是私生子？”

“没……没有。”温言有点尴尬，想了想还是老实交代，“其实……我本来已经脑补了一大出豪门宫斗剧了。”

江森忽然起了逗她的心思。

“没有豪门。”他装出一副可怜兮兮的样子，“我和林措都没有工作，父亲母亲靠国家生活，出门连出租车都不打，住的还是上个世纪的老房子。”

装吧。

温言心道，当我傻啊？

大哥，我可是本土中国人好吗？还敢用网上的段子糊弄我？

她毫不犹豫地戳穿他：“父亲母亲靠国家生活是因为他们是国王，没有工作是因为你们为国家尽职责，不打出租车是因为你们有专门的座驾，住的是上个世纪的老房子是因为那是宫殿。”

江森震惊了。

本来还在犹豫什么时候要怎么样才能毫不突兀地跟他表明身份，结果她这么快就自己猜出来了？

事已至此，坦白？

他动了动嘴角：“我……”

“你是王子？”温言抢答，“我还是公主呢！行了吧，哈哈哈，网上这个梗都已经过去这么久了，下次换一个哈！”

江森：“……”

梗？

他还能说什么。

温言见他半天没说话，还想着是不是自己直接戳破打击到了他，刚想再说两句打个圆场。

“温言，”江森忽然垂眼看她，眼底似有浅淡的笑意，“你弄错了。”

温言：“什么？”

“不是公主，”他笑，“是王妃。”

“啊？”温言揉了下头发，没听清楚。

桌上的手机嗡嗡作响。

温言扫了眼屏幕，瞬间慌了神。

——是温先生发来的视频邀请。

大晚上的，她……她身边还有江森。

好像……不太好解释？

虽然温先生和吴女士总在她面前花式秀恩爱，笑话她没有男朋友，但是，要敢让他知道自己跟异性在外边过夜，非得打断她的狗腿不可。

她扫了江森一眼，撞上他欲言又止的表情，一边手忙脚乱地收拾榻榻米，然后调整角度尽量靠着白墙制造出自己还在寝室的假象，一边随口问了句：“你刚刚说什么？”

“没什么。”

他被她慌乱的样子逗笑，指了指她的手机，比了个给自己嘴巴上锁的动作，示意她先接视频。

好在温先生并没有发现什么异常，日常秀了一波恩爱，说他下个月要带吴女士去加拿大溜达，例行嘲笑了她一个单身狗真可怜以后，还不忘给她指派了新任务：

下个月邻居家小姐姐晚晚要结婚了。

她到时候得替他们去参加婚礼。

狗粮暴击 +2。

温言：“……”

挂断视频，她现在只想背几遍《三字经》来压压惊。

4.

第二天一早。

温言醒来的时候，江森已经跟陆世宴在外面讨论起“变脸”的艺术了。

有那么一瞬间，她怀疑自己还没睡醒。

不是，这《三字经》和水墨画……难不成都过关了？

不是说不会用毛笔的吗？

她洗了脸往院子里走去，雨过天晴，空气里一片清新。见她过去，江森往身边拉了个小凳子，冲她招手示意她过去。

陆世宴冷哼了一声，对着他：“德行！”

温言一脸莫名其妙，江森笑了下回他：“你就是嫉妒！”

“放屁！”

老头子提高音量，攥紧了手里的一串蓝穗子吊坠，半晌幽幽地叹了口气，抬头看着温言：“小姑娘，我告诉你，留点心，这小子可精着呢！”

温言用眼神问江森，他只笑了笑没说话。

“年轻人啊！”

半晌，老头子长长地舒了口气：“好好在一起吧，这个世界上没有什么两个人解决不了的问题，珍惜还能争吵能谈笑的时候。名利也好，权势也罢，都没有陪在你身边嘘寒问暖的那个人重要。可能你们现在感觉不到，等老了，那个人没了……”

他没说下去了，眼角泛着泪花。

“我们会的。”江森轻轻拍了拍老人的手。

温言：“？”我们没……没在一起。

撞上他的眼神，她识趣地改了口：“我们会的。”

“哼！我说了不收徒弟！更何况是你这种外国人！”

老头子缓了情绪，又瞪了江森一眼：“但是看在你以后会娶我们小姑娘的分上，也勉强算半个中国人，我可以教你一点皮毛。不过我告诉你啊，‘变脸’看着简单，这里边门道多着呢，你可别以为我答应教你就了事了，我跟你说啊，这个……”

老头子开始絮絮叨叨讲起变脸艺术的渊源，江森也凝神认真听着。

这件事情总算搞定。

温言后面才看到江森交上去的画。

——用钢笔勉强画的素描。

她不怎么懂这个，但也看得出来，线条不流畅，阴影处理也并不太得当。

虽然将就着看得过眼，但是距离能够说服陆世宴的水墨画也还差太多。

只不过，画的是老爷子早上攥在手里的那串吊坠，像古代的玉佩，下边坠着一串蓝色的流苏穗，打着同心结。

江森解释，他也是在书房里看到被人安置在精巧小盒子里的蓝穗吊坠，应该是女人的东西，遗憾的是穗子零散，玉块跟整个结已经彻底分了家。

虽然有点年代感，但是玉质很普通，至少对于陆老先生来说，它根本算不上值钱，更何况只是一串已经坏掉的串子。可是它迟迟未被丢弃，盒子精巧细致，上面一点点灰都没有，看得出来主人对它很是重视。

外人都说陆老爷子年轻时四处奔波，与妻子感情淡薄，但是江森发现，书房抽屉里都是妻子的照片，阳台上的花束也天天换水……

这绝不是一个与妻子感情淡薄的男人做得出来的。

而那串很受主人重视的吊坠，或许是妻子曾经所赠。

他自作主张花了半晚上的时间把穗子修好，又冒险一改原定的山水画，画了吊坠，在它周围扎了一圈细小的洞。

打开画卷时，老爷子明显情绪一变，他再沿着小洞撕掉画上的吊坠，从画后边拿出已经复原的真实的完整吊坠。

完成了另一种意义上的“变脸”。

老爷子眼眶泛红，当场什么都没说，拿了东西扭头就走。

半个小时后，老爷子才重新出来，先是对自作主张修吊坠的江森一顿大骂，然后话题一转，开始嘱咐他以后好好对待小姑娘。

两个人把茶言欢了个把小时，等到温言睡醒时，事情基本上已经搞定。

“你就不怕动了人家的东西，老爷子当场揍你一顿吗？”

温言从院子里出来，问江森。

“怕啊，”他笑，“但是过去的事情已经过去，人总是要走出来。一串穗子可以作为纪念，但一定不能把自己框住，沉溺在过去的悔恨与遗憾中是世界上最无用的事情。”

温言学着陆世宴的样子冷哼一声：“你有时候活得像个僧人，看破红尘那种。哎，江森，你是不是已经无欲无求六根清净了？”

“以前是。”

他认真地说，别过头看她，眼底铺着零碎的笑意：“现在不是了，欲求很重，想把你……们这里的东西偷回去。”

神祇从偷看人间的那一眼开始，就已经丧失了再做神祇的资格。

温言装作没听懂，脸上一热，咳了两声，不自在地错开视线。

5.

从陆老爷子这里回来，温言开始投入了校庆的晚会筹划工作。

因为到时候有领导过来，所以学生会在这次晚会上还是花费了不少心思。从节目的筛选到会场的布置，再到各种材料的购买以及音响多媒体设备的安排……

温言作为文艺部的小副部长，也是忙得团团转。

晚上上完一节选修课，到学生会办公室开了个短会，还没回到寝室，她又接到了晚晚小姐姐的电话。

“小言言！我给你发微信你都没回我啊？”

隔着滋滋的电流声，温言也听得出来准新娘语气里的小雀跃，即便是发怒都带着点撒娇的味道：“你是不是把我结婚的事情都忘掉啦？你个小没良心的，我可是在刚定下婚期的时候就跟你说过了，你竟然敢忘？”

温言心虚地尬笑两声。

这个确实是她的错，当初她收到微信消息了，还小小地激动了一把，不过一回头就忙着应付江森这个玉皇大帝……前几天温先生倒是又交代了她一次，只不过最近手头事情太多，得空还要陪江森去学变脸，就把晚晚下个月结婚这事儿给忘了。

“哪能啊！”她狗腿赔笑，“这不是还早吗，我下个月肯定能想起来！”

信了你的邪哟！

那边哼了一声：“我不管，我给你留了伴娘的位置，你到时候要敢给我误事儿，我就逃婚去C市揍你！”

“别别别！”温言一个激灵，“伴娘就算了吧，你是不是又想把伴郎介绍给我？”

这位从小跟她一起长到大的小姐姐，毕业就跟竹马订了婚，然后有事没事就给她张罗谈恋爱的事情……

温言也是有点心累。

自己看上去就那么像嫁不出去吗？

“温小言言？”那边笑得很是奸诈，“你确定不……”

没等她说完，温言很是霸气威风地挂断了电话。

她还是个宝宝呢，为什么温先生和吴女士都催着给她介绍男朋友，连邻家小姐姐都不肯放过她？

狗生艰难啊！

她长叹一口气，默默地往寝室楼下走，脑子里却不自觉地浮现江森的影子。

唉！

最近下过几场雨，温度不比盛夏时的燥热，寝室楼下你侬我侬迟迟分不开的连体婴式情侣又多了不少。

温言抱着一沓资料，随意扫了眼，默默地咂巴咂巴嘴，正想上楼，无意中瞟到花坛旁边两道熟悉的身影。

她揉了揉眼睛，再看看旁边几对正常情侣，有的互相喂着吃个东西，有的撒娇玩个亲亲抱抱举高高什么的……

虽然有点狗粮式辣眼睛，但勉强还说得过去。

而花坛旁边那一对，简直……画风清奇！

一米八几的大男生站在花坛边缘上，跟下边的女生身高形成更加鲜明的对比，他两只手搭在女生肩膀上，没一会儿，整个人身体前倾，几乎跟只大型宠物要把自己挂对方身上似的，还撒泼耍赖在女生耳边说了什么……

看架势，是想要她背自己吗？

啧啧啧！

媳妇儿背猪八戒！

温言嘿嘿奸笑了两声，然后就势坐在寝室楼下的台阶上，摸出手机，映着昏黄的灯光，连拍了好多张照片，全部发到了群里。

温小言言：“C 大惊现骇人一幕，鬼见愁絮哥竟然……”[图片][图片]

温小言言：“别客气，请你们吃黄金狗粮！”

肉肉爱吃肉肉：“我的天哪！我是瞎了吗？絮哥竟然真的跟她的小五弟在一起了？”

美少女小鱼鱼鱼："603 寝室两位同志背叛单身组织，这是道德的沦丧还是人性的扭曲？"

肉肉爱吃肉肉："我想吃肉，不想吃狗粮呜呜呜……默默抱紧我的小鱼鱼。"

……

瞧瞧！这溢出屏幕的委屈醋酸味！

温言看着屏幕，忽然灵机一动。

温小言言："我代表国家给你们发男朋友，要吗要吗？"

美少女小鱼鱼鱼："江森吗？要要要！"

肉肉爱吃肉肉："小鱼啊你是脑子被我吃了吗？温小言怎么舍得把江森给你？醒醒吧孩子！"

嘿嘿嘿。

温言笑了笑，然后发语音："下个月陪我去参加婚礼啊，伴郎团全是黄金单身汉，到时候随便你们挑怎么样？"

说完这句话，群里瞬间安静下来。

温言：喵喵喵？？？男朋友都不要的吗？

社会你絮哥："姐好心提醒你一句，趁早拉着你的玉皇大帝过去秀恩爱吧，啊？你以为我们鱼和肉傻啊？大型狗粮现场，谁要去呢！"

她愣了下，一回头看见夏絮的脸，林措还跟在她后边，满面春风的样子，笑着跟温言打了个招呼，然后晃了晃手机："照片拍得我不够帅！"

夏絮白了他一眼，一把把手机夺过来，又发了句：

社会你絮哥：“@小鱼@肉肉，劝你们一鱼一肉尽早组个鱼肉CP自个儿瞎过吧！”

“还有，温小言言别瞎说啊你！”夏絮发完消息抬头，脖子有点泛红，“我跟五弟刚才就是打了把游戏，我输了，然后才答应他一个要求……”

温言默默地看了眼林措，所以你的要求就是要你女神背你……吗？

大兄弟，凭本事单的身啊你！

林措一副满不在意的样子，扯着夏絮继续厚脸皮：“我们也去参加婚礼吧，我还没见过你们这边的呢？带我看看我也好给我们以后的婚礼做筹备啊！”

温言忽然一顿。

对啊，晚晚是很有特色的纯中式婚礼，江森应该也还没见过呢吧？

要不……

好像也不行。

她挠了挠头发。

她从小跟晚晚一起长大，也算是半个自家人，她要是真带江森过去，这不就相当于半个见家长吗？晚晚再传到温先生和吴女士耳朵里，他们还不得天天逼着她带男朋友回去？

可是，她和江森现在……

要不，干脆她去找江森告个白，把关系挑明？

可是万一他没这个意思呢？告白失败岂不是更尴尬？

不是，就参加个婚礼，她怎么就扯到她跟江森身上了？

她胡乱揉了把脑袋，感觉更烦了。

“我陪你去。”

一道熟悉的声音在头顶响起，温言下意识抬头，对上那双熟悉的碧蓝色眼睛。

他刚从林措手中的手机里抬头，嘴角的笑意还未消退，朝她伸手，一把将她从台阶上拽起来。

林措还拿着夏絮的手机，保持着把群消息翻给江森看的姿势，一脸想要邀功又有点傲娇的别扭表情。

温言反应过来的时候，因为惯性作用，整个人已经不轻不重地撞在他胸前。

想到自己刚才想的那些事情，她不由得有点脸红。于是心虚地咳了两声，重新站直，像为了掩饰什么似的，跟江森保持了不小一段距离，然后看着林措和夏絮转移话题:“那个……你们要去婚礼吗？我跟晚晚说一声……”

“不去！”

“去啊！”

两个人异口同声。

温言：“……”

林措也不顾跟哥哥之前的不合，下意识地就向江森求助：“江森！”

“这事我帮不了你。”江森笑，一脸爱莫能助的样子冲他摊了摊手，目光却是冲着温言，“姑娘总得自己追！”

/ 第九章 /

为什么别人捡到的就是个男朋友，
我就捡到个智障儿童？

1.

十一月底。

C 大迎来百年校庆，不少毕业的学姐学长也都重新返校，到处挂着横幅和海报，现场一片热闹。

下午，温言跟着学生会的学姐们也一直从早忙到晚，连刷手机的工夫都没有，但心里还是记挂着江森。

毕竟他跟着陆老先生学变脸也不过月余。

好不容易等到晚会正式开始，主持人报幕结束，各领导开始了枯燥的轮流发言。

温言也终于忙完琐事空下来，她顾不上喝水直奔会场的后台。

化妆间里忙碌一片，最先出场的舞蹈团队已经换好了衣服只等上场，温言穿过一群浓妆艳抹的小姐姐，瞪着眼睛搜索大概已经涂抹得花花绿绿的江森。

半晌，她才在更衣室外看见他的身影——

没有想象中那种过分浮夸的盛大戏服。

他穿了件青白色古装，温言不太懂这些，只觉得有点类似于Cosplay（角色扮演）的那种服饰，但是又不完全是那样，里边是淡青色斜襟长衣，腰际系上玉色腰封，坠着条做工精致的剑穗，外边披着件青白色宽大斗篷，白底上缀着些淡淡的祥云纹路。

他脸上的妆容还没画上去，才刚刚戴上长长的黑色发套，一双蓝色的瞳孔显得格外出挑，偏偏整个人身形修长，单单站在那里就有种干净清冷的气场，让人移不开眼。

温言反应过来，他这是要……换种方式变脸？

“江……”

她还没来得及开口去问他，旁边另外一个从更衣室出来的小姑娘在其他队友的簇拥下，红着脸犹犹豫豫过去跟江森搭讪。

温言默默地捂脸。

就知道，这货在哪儿都得招桃花！

她最开始就不该答应林洲说服他来参加什么晚会！

她手里捏着瓶水，就这么看着小姑娘在同伴的拉拉扯扯下往江森身边靠过去。

也不知道出于什么心理，她鬼使神差地顿住脚步，抿了两口水默默地看着。

结果站稳不到两分钟。

夏絮从门口风风火火地冲进来，一把拽住温言就往外拖："言言，言言！你怎么还杵在这儿？五弟跟我说你们家那位勾三搭四的，你这个正宫还不过去亮身份是等着戴绿帽子吗？"

温言看了眼火急火燎的夏絮，再看看就站在三四米开外的江森，有些哭笑不得，末了才挣脱开来，重新站稳："絮哥！"

她用下巴指了指前边更衣室方向。

夏絮视线正好与江森撞了个正着，愣了下。

随后，林措跟着从外边跑进来，还在喘着粗气："你别跑那么快啊，我跟你说江森就在这……"

抬头对上江森的眼神。

……

告状被抓了个正着怎么破。

跟在江森身边的那个小姑娘也被这动静弄得一愣一愣的，半晌才回过神来，扫了旁边几个人一眼，重新拉住江森的胳膊："学长！"

"我知道，你说有女朋友只是骗我的，没关系，我也没要怎么样，就先交个朋友啊，我……"

江森笑了下，挣开她的手，一把牵住温言，语气里带着淡淡的笑意："没骗你，介绍一下，这是我女朋友。"

这下不只是旁边的女生，连温言都怔了下。

她心里怦怦直跳，下意识回头去看江森，他依然一副云淡风轻漫不经心的样子，就好像在随口谈论天气一样。

所以……

心白跳了！

温言松一口气的同时，又有压不住的失落感。

他也就是用自己做幌子吧？

套路还挺深。

她苦笑一声。

果然，旁边的女生很快也反应过来，笑容重新漾开："学长你别开玩笑啦！我之前在贴吧上看到过你们谈恋爱的那条啦，开局一张图，后边全靠编，学长你不用糊弄我哦！"

糊弄？

温言心里没来由地憋了一口气，有那么一瞬间，脑海里冒出了一个略疯狂的念头。身体比大脑更先做出反应，她反手拽了把江森，刚踮脚，有人却比她抢先了一步——

江森侧过头俯身，牵着温言的那只手没松开，另一只手扶着她的肩膀低头。

不等她反应，温热的唇已经印下来。

周遭陷入沉寂，只剩下心脏在胸腔里震动的声音。

林措一脸看好戏的样子，还吹了几声口哨。

温言脸颊已经红成一片。

半晌。

江森将人松开，看见她红着耳尖低着头半天没敢吭声，笑了下，眼底全是细细密密的温柔笑意，他转身对着等在一边早已瞪大了眼睛的女孩："这下，信了吗？"

这下，信了吗？

女孩子磕磕巴巴说了句什么，然后跟同伴散开。

温言心里却忽地一凉，有个她明知有点矫情却又不得不去思考的念头浮现在脑海里。

这下，信了吗？

所以……自己一直是被他拿来做挡箭牌的吗？

她攥了攥手指。

江森刚想说什么，一回头忽然就看见温言狠狠地剜了他一眼，然后扭头就走。

他做错了什么吗？

他往前追了两步："温——"

"江森！"后边有学姐喊他，"可以过来化妆啦！"

他收了脚步，面色有些不太好看。

"哈哈哈哈哈哈！"

林措站在旁边幸灾乐祸，跟着夏絮往外走之前还特意回头冲他做了个鬼脸："江森，你逊爆了！大傻子！"

江森心里一阵烦躁。

他回到化妆间的时候，想了想，又给米茵打电话："上次让你带的东西，一个小时之后给我送过来。"

那边似乎犹豫了下："您知道这意味着什么，真的已经确定了吗？"

"嗯。"

2.

温言气了一个晚上。

她这边欢欢喜喜想东想西纠结了半天，结果到头来是自己一厢情愿自作多情？

江森这个人渣！

都什么年代了竟然还玩这种拉人做挡箭牌的把戏！

舞台上的大合唱结束，一群嘻哈装扮的女生上场，观众席上迸发出一阵热烈的掌声。温言猛灌了一口水，用力抹了把嘴巴。

"嘿！小学妹！"

林洲跟肉肉拉拉扯扯从会场后门进来，老远冲温言招手："你怎么在这儿啊？马上就该你家那位上场了，你不去后台看着？"

温言看了眼他们牵在一起的手，心情有点复杂，索性一屁股坐在旁边的台阶上："不去！你说话注意点啊林洲，别一口一个我家的！”

“吵架了这是？”肉肉揉了揉她的脸，笑得戏谑，“我刚刚去后台找林洲，可是听说你们在一起很高调呢啊！”

温言想到刚才的场景，没忍住又往入口处瞥了一眼，连个人影都没有，她心里不舒服，于是低着头继续咬瓶口，也没搭话。

紧接着，林措和夏絮也从后台跟了出来，两个人说说笑笑的，一路走过来挨着温言坐下。

林措悄悄看了眼舞台，附在温言耳边，压低声音道：“我知道你喜欢我哥，这样，你要是教我追到我女神，我就帮你追到江森怎么样？”

他早就看得出来，江森喜欢温言，说是她追他，其实根本都不用花多少心思，不过她要是能帮自己追夏絮，这可就赚翻了！

基本就是空手套白狼，这笔交易怎么想都划算！

林措觉得自己可真是个小机灵鬼！

温言白了他一眼，依然没搭话。

只不过……

她转了转头，左边一对林洲和肉肉，右边一对林措和夏絮。

温言怎么看都觉得自己是个大灯泡。

孤家寡人还真是怪可怜的！

曲毕，台上灯光骤熄，观众席上陷入一片安静。

温言不自觉打起了精神，一动不动地盯着舞台。

紧接着，古筝声响起，大屏幕切换到古风画面，竹林飒飒，山高水远，马蹄声渐近，一声马嘶叫的声音乍起。

舞台上主角登场。

剑客似从远方而来，身负长剑，白衣胜雪，宽大的斗篷下是半张金属面具，只露出一双深邃的瞳孔，紧接着音乐变幻，金属面具被褪下，所有人提着一口气等着看真容的时候，却终于露出来一张——

动漫脸谱。

所有人都笑。

紧接着音乐变幻，台上的人不知道从哪儿忽然变出一把折扇，“噌”的一声展开，只一闪而过的工夫，脸谱已经变化。

激昂的音乐声中，面容上刀疤锋利，目光凌厉威严，俨然刚从战场归来的将军。

再往后，随着音乐的变化，在折扇和披风的掩映之下，脸谱迅速发生变化，时而是温婉秀气的翩翩公子，时而是矜贵傲娇的富贵王爷，或是当红的某男星……

台下叫好声一片。

音乐声落，最后一张脸谱换掉，终于现出他原本的模样。

蓝眼白皮，鼻梁高挺，五官深刻立体，一张年轻漂亮的西方面孔出现在所有观众视野里。

现场顿时炸开了锅。

“江森！”

“学长我爱你！”

……

台下一片疯狂，有女生甚至激动到站到了座位上大喊起来，因为晚会接近尾声，前排的领导鼓了掌也只是往后看了一眼，笑了下没再多说什么。

有女生抱着花冲上台去，现场就要告白拥抱。

江森不动声色地避开，接过话筒笑：“我前段时间学了个新词，叫作‘妻管严’……”

他故意带着点歪歪扭扭的口音，气氛顿时轻松下来，女生也忍不住笑，开玩笑道：“学长你不是要告诉我你已婚吧？”

“没有没有。”

江森低头笑着往后退了两步，略微侧头，目光从台下某个角落扫过：“虽然未婚，但是今天我女朋友就在现场，‘妻管严’啊。”

他作出一副很畏惧的样子，视线依然往温言的方向看过去，然后回身，对着女生：“所以抱歉，不接受任何形式的调戏。”

好端端一个风度翩翩的公子哥儿，忽然化身戏精，台下一片哄笑。

温言没忍住，“扑哧”一声笑了出来。

晚会结束，温言又跟着林洲去后台整理东西。

从会场出来的时候，已经接近十二点，好在今天校庆，宿管阿姨临时取消门禁，她收了东西慢吞吞往外走。

天气已经转凉，一阵冷风吹过来，她还是缩了缩脖子，把衣服再裹得紧了些疾步往前。

结果刚出了大厅。“温言。”有人喊她。

她眼睛亮了一下，顿住脚步回身，又恢复气鼓鼓的样子。

江森正斜倚在会场外的柱子边，臂弯里搭着件风衣，另一只手里捏着只巴掌大的黑色盒子，灯光从他身后落下来，映着他眼底的浅淡温柔。

温言有片刻失神。

江森朝她走过来,随意转了转手里的盒子,看似漫不经心的样子,事实上，揣在裤兜里的那只手已经不自觉握紧。

过去二十多年里，他参加过大大小小各种会议，面见过各色大臣与邻国总理与各官员，也从来没有今天这么紧张过。

其实早在他上次回国的时候，就已经做了决定，所以才让米茵把这个盒子带过来，如果说那时候还有百分之五十的不确定性，那么到今天为止，他已经有了完完全全的决心。

只是他不确定，她是不是能这么快接受自己的身份。

“有话快说。”

温言气还没消，故意提高了音量，接着目光落到他手里的黑丝绒盒子上，脑子里不自觉又冒出了个有点无厘头的念头。

晚上才当众提起什么女朋友妻管严之类的，现在又拦住她，月明星稀夜黑风高的，他捏着只小盒子一副欲言又止的样子，该不会要……求婚吧？

想到这里，她心里“咯噔”一下。

这速度是不是有点太快了。

就在她还在纠结如果他真的要求婚，她到底该不该答应的时候，江森抬手拍了拍她的额头，见她回神，一把把盒子塞到她手上。

“给你的礼物。”他难得表情有点不自然，“庆祝校庆圆满结束的。”

温言：“？”

果不然，什么求婚，她又想多了！

江森不动声色地舒了口气，只不过还是没想好要怎么坦白自己的身份，只好临时换了措辞：“我们国家有个讲究，礼物收了概不退还。”

“哦。”我也没打算还。

温言点了点头，不过她还是觉得哪里怪怪的，他们该不会还有个规定在校庆的时候必须互送礼物吧？

她默默地想着，然后打开盒子。

顿时，心里松了一口气。

黑色的丝绒上放着一颗透明的琥珀，正反两面分别拓着只小小的手印和脚印，最角落的地方有一块小凹陷，似乎是什么印章痕迹。光线太暗，她看不清楚也没深究，只觉得这个小东西还挺可爱的。

“这个叫纹玺，上边的手脚印是我出生的时候印上去的，”江森索性直接略过身份这一茬，从盒子里把东西拿出来，放在她掌心里，然后顺势将她的手握住，“待成年之后，则会将它交给未来的妻子，以代表她的地位和身份。”

妻……妻子？

如果她收了它，也就意味着两个人确定了婚姻关系？

温言：“？”

她脑子里嗡嗡嗡。

这……这还不是变相求婚吗？

“我上次问过你的问题，你还没有考虑好吗？”他声音有点低，俯身在她耳边的时候，尾音又有点上扬，不经意间染了点愉悦，诱哄一样的温柔语气，“言言，我们在一起吧。”

气氛安静得刚刚好。

如果没有人乱入的话。

3.

“哈！”

旁边的阴影里忽然蹦出来一个人影，一副兴高采烈的样子：“纹玺！我终于见到啦，江森你竟然把它带了过来，是不是早就计划好了？”

他扑过去就要抓温言手里的东西，被江森一个眼神止住。

“嘁！”他悻悻地收回手，“有什么了不起的，父亲虽然没给我印章，但是，我也有，可比你这个厉害多了！”

他转过身也不顾夏絮的反对，一把拽住她的手腕，然后从怀里掏出一个砖头大小的同款黑丝绒盒子："女神！我也送你一个！"

"什么鬼？"夏絮挣了挣，很明显对林措偷听中途跑出来当电灯泡的行为很不爽，"我不要！"

"必须要！"林措霸道总裁附体，三秒又恢复委屈巴巴的小奶狗模样，"你不知道，这算不得太贵重的东西，但是意义非凡，带印章的纹玺是王……"王室身份的象征，有着至高无上的荣耀与尊荣。

他及时收住："是王……汪汪汪，摆脱单身狗身份的象征。"

他悄悄看了眼江森，装模作样地抹了把虚汗。

好在夏絮神经大条，大概已经习惯了这家伙神经兮兮的发言，也见怪不怪了："那你给我干吗？"

"当然是因为喜欢你啊。"

"你有病啊喜欢我。"夏絮有点脸红。

"喜欢你就是有病啊？"他忽然灵机一动，顺口说道，"那要是爱你是不是就是病入高盲？"

嘿，我中文真是大有长进，还用了个成语，快快快！快夸我！

他美滋滋地等着大家的夸奖。

然而其他三个人相互看了一眼，表示："……"

"病入膏肓 OK？"夏絮翻了个白眼，随手就在他脑袋上揉了一把，"大哥，麻烦先把你那两毛钱中文学好了再说行吗？"

"两毛？"林措动作很快地从兜里摸出来两枚硬币，"给你两块不用客气！"

夏絮："……"神经病吧？跟这傻子说不通！

为什么别人捡到的就是个男朋友，我就捡到个智障儿童？

林措面对着突然安静的空气，一脸尴尬。

好不容易想学着老哥装个样儿，结果现场翻车。

他能怎么办？他也很绝望啊！

气氛陷入谜之尴尬。

林措也不管三七二十一了，一把拽住夏絮，把手里那只板砖大的黑色盒子打开，献宝似的递到夏絮面前："那个……反正我好不容易准备的东西，你不收对不起我！"

夏絮听过他说的纹玺含义之后，虽然嘴硬，但心里还是有那么一丝丝小期待的。然而，就在下一秒，她看见盒子里的东西之后，表情就以肉眼可见的速度迅速崩坏了——

精致漂亮的盒子打开，黑色的丝绒底上，就放着一尊巨大无比的看上去极为矜贵的……

大石块。

对，没错，就是大石块。

山里随处都能拉一车的那种石块。

上面用水彩笔扭扭曲曲地画着只成人手脚印，角落里还煞有介事地画了只印章之类的东西。

夏絮："……"

"我亲手做的！"林措还在摇摇晃晃地显摆，"比江森那个好多了，琥珀熔点低，怕热又怕晒的，你别看我这是个石头，但是硬啊！"

他用力拍了拍石块："意味着感情过硬，而且上边的手脚印可是我纯手工画上去的，多有意义！别看这个印章是手写的，等我回去，我就让父王给我也弄个印子上去，这个石头就是升级版的，全球唯一一块……"

说到最后，他忽然意识到什么，语气越来越弱，还悄悄瞄了江森一眼，又默默改口："等我回去，让父亲给我也弄一个……"

夏絮倒没注意到他的措辞，只是默默地翻了个白眼，感觉自己遇到了个傻子。

林措推销失败，第二次翻车。

好在一阵急促的电话铃声突然响起，打破了尴尬。

林措扫了眼屏幕，有点心虚地看了江森一眼，然后僵着脸色转身去了旁边。

是乔治的电话。

帛莱那边早上的朝会上，已经将王储即位的事情提上日程，等到过了新年，江森过了二十一岁生日，就会筹备即位仪式。

说起来，乔治现在没有多长时间了，他需要林措在这边尽快给江森使点绊子，好留给自己再筹谋的时间和时机，只不过林措这边迟迟没有动作，他这次彻底坐不住了。

"Woody！"电话刚一接通，乔治立马气急败坏地吼起来，"Do you know what you're doing?I want your explanation！ Give me your reason！"（你知道自己现在在做什么吗？我需要一个解释！告诉

我你的原因！）

“You will lose the chance if you still don't take any actions！”（再不行动你就没机会了！）

……

等他噼里啪啦好一顿说之后，林措淡定地摸了摸脖子，然后从兜里摸出一只棒棒糖叼在嘴里，态度散漫道：“George，跟你说件事儿。”

听着他这种轻松的语气，乔治有一瞬间以为他已经办妥了事情，但心里隐约又有一种不祥的预感。

“我不干了。”林措把棒棒糖咬得嘎嘣作响。

乔治以为自己没听清楚，压下怒火：“Do you know what you are talking about？”（你知道自己在说什么吗？）

“You can't betray me!（你不能背叛我！）”见这边没说话，他继续说着，带点诱哄的语气，“I can give you money and power.Don't you want it?（我可以给你金钱和权力，你不想要吗？）”

……

“Stop！”林措终于没了耐心，懒洋洋地挑了挑眉心，目光落在不远处的夏絮身上，忽地笑了一下，冲着电话拔高了音量，“停停停！老子都说了不干了你还一直叨叨，是不是听不懂人话？”

乔治震惊的工夫，他已经直接挂断了电话，索性直接把卡拔掉丢了，扭头对着夏絮一副“快看我是不是很帅”的样子。

对于乔治，他心里其实也清楚，两个人相互利用，乔治利用他给江森使绊子，他则倚靠乔治为不受限的经济来源。

之所以这样，也是因为他之前真的看不惯江森，讨厌江森处处高他一头，讨厌江森成日里拿自己当小孩训斥……所以他总堵着一口气，想给江森平坦的人生道路上增加一些阻碍，也想让所有人都看到自己的存在。

现在回头想想，还真是愚蠢又中二。

所有人都只看得到江森表面的威武风光，却忘记他背后废寝忘食的付出，忘记他整夜整夜去忧心的文件与要处理的大臣意见，辗转各国的辛苦……

林措现在甚至有些感谢他的存在，有他替自己遮风挡雨顶天立地，自己才能在过去那些年里平安任性地做一个愚蠢又“中二”的大孩子。

他咬掉嘴里最后的半颗糖，抬头撞上江森的视线，很快装作不经意的样子抹了把眼角，还是那副傲娇的模样：“看什么看？你是不是嫉妒我比你帅？我告诉你，不要觊觎我的美貌，这是我们家夏女神的专有权！”

江森低头笑了，半晌走过来，拍了拍他的肩膀。

而另一边的乔治近乎疯狂地回拨电话，已经无法接通。

他整个人几乎瘫软在地。

他们家族世代为王室辅臣，功勋卓越。可是既然他们能力突出功绩累累，凭什么还总要为王室卖命？所以他一直妄想打压江森扶持 Woody 坐上王位，这样一来，他就可以操控这个一无所长的混蛋家伙替自己卖命，更有望在某一日时机成熟之际换掉林措，自己直接登上王位。所以他才一直向林措示好，甚至后边煽动林措跟着哥哥去往国外，本意是想用林措在江森身边安插眼线，顺利的话，最好能再给江森闹点事情出来，让王室里那些古板的老家伙知道，这个人品行有碍不配为王，以此引发争议为自己赢得更多的时间和机会……

结果乔治没想到，这个男人虽然身在国外，却还是能在暗中掌握了他与王室大臣私下交易的诸多证据，不动声色地架空了他的权力，控制他的势力。

就在他庆幸自己还有林措这一筹码在手的时候，对方竟然突然反悔收手？

最后一根救命稻草也没了。

机关算尽。

已经被软禁的乔治颓然倒下，半晌长长舒了一口气。

他推开窗户，秋意已深，王室的亲兵就严阵守在他的楼下，只等王室对他的宣判结果。

这一眼望去，自己的半生荣耀与争斗都已然到了尽头。

4.

校庆之后，江森在 C 大的名声更是大了不少，连温先生都难得特意把温言召去了校长办公室，问起关于他的事情。

“嘿，小丫头片子，没看出来啊！”温校长坐在椅子上，抿了口茶看着自家女儿，“一个外国家伙，中文被你教得这么利索也就算了，竟然还学会了‘变脸’？”

他想起那天在台上看到的场景，还觉得回味悠长，忍不住以手作扇挡住脸，然后“噌”地拿掉，比画着他变脸的动作，扮了个鬼脸：“下次让他也教教我呗？”

温言：“……”请问您这么精分吴女士知道吗？

还有……

他中文说那么利索可是自己勤学八年的结果，倒是温校长你不分青红皂白就把一个中文八级水平的人放在我身边，还让我去给人家教中文，真是……

“那，温先生有什么奖励吗？”温言可没那么老实，索性直接把功劳揽在自己身上，趁机敲诈，“比如给您穷困潦倒的女儿一笔救济金或者奖励一趟出国游什么的？”

她眨巴着眼睛。

温先生收了手势，把椅子往前滑了一把，隔着办公桌学着她的样子眨巴着眼睛，笑着跟她对视良久，清了清嗓子：“那就……出国游……”

“嗯嗯嗯？”温言一脸期待。

“是不可能的。”温校长翻了个白眼，收回身体坐直，一秒变官腔，“年轻人就要学会艰苦奋斗，不要总贪图享受对不对？出国游什么的爸爸也不是不允许，只不过啊……”

温言还存着最后一丝丝希望。

“我跟你妈先去，哈哈哈哈！”

温言有时候真的怀疑自家老爸老妈把自己生出来根本就是一个意外，她活着的意义可能就是供温氏夫妇取乐以及撒狗粮用的。

她拍了拍桌子，一脸严肃：“爸！你老实告诉我，我是不是亲生的？”

“当然是了，你这孩子怎么能这么想呢？”温先生不乐意了，也学着她拍了拍桌子，“说起这个，你还得感谢你老爸我呢！你的存在根本就是个意外，吴女士当时本来都不想要你的，说什么‘生了小孩她以后还得跟我抢零食吃’……唉，反正就是嫌烦，还是我替你求情，说生个小孩没事还能拉出去溜达一圈，没事再给她撒撒狗粮什么的，保证不让她跟你争宠，不抢你零食，不影响你打游戏……”

温言：“……”够了。

“不过虽然没有出国游，但是！”温先生拍了拍温言的肩膀，“老爸给你一场出省游啊。”

温言：“真的吗？”

“对啊，不是跟你说过了吗？你晚晚姐姐马上要结婚了，你看，从 C 市回我们老家，这不是跨省了吗？咱家那套房子还空着呢，我再多给你一百块钱，你看，这不就相当于包食宿了吗？”

温言：“呵呵哒，温先生亏你说得出来！再见。”

她哼了一声，气呼呼地推门往外走。

温先生还在后边追着喊：“哎，还没跟你说正事呢，我听说你跟那个N……江森关系不错，要不你看着收了做男朋友呗！不收也行，你别忘了回去参加婚礼啊，晚晚说给你介绍男朋友呢，你赶紧把自己收拾了嫁出去别影响我和我老婆的二人世界……”

这孩子，怎么就不听劝呢？

温言从办公室出来，摸到衣兜里的纹玺，质地温润，上边的印章痕迹清晰，她不由得想到那晚江森的话，牵了牵嘴角。

只不过……

这个是什么印章来着，昨晚也没注意看，听林措那家伙说的怪高大上的。

她想着又从口袋里摸出来。

小小的一只黑色绒袋子，圆滚滚的纹玺落在她掌心上，淡黄色的琥珀里面有类似于花瓣的碎片，阳光下呈半透明状，泛着淡淡的光芒，右下角是雕刻上去的淡淡的印章痕迹。

一圈细小的外文字母中间有只类似盾牌和和平鸽的图样。

她觉得似乎有点眼熟，低头仔细去辨别……

“江，乔治那边私下与大臣的勾当都已经查清楚，还有其他一些参与其中的内阁成员，陛下打算交给您处理，具体资料已经发送到邮箱。另外，下个月底之前您需要回去参加陛下的生日宴会……”

米茵一边敲着键盘，一边尽职尽责地提醒他近期需要留意的相关事宜。

末了，她又问道："至于您和温小姐的事情，既然纹玺已经送出，事关重大，是不是需要我这边提前知会陛下一声？"

"不用，我自己来。"

江森挂断电话，转过楼梯口上来的时候，一眼就看到温言正举着那块琥珀一副要仔细钻研的样子，他弯了弯嘴角："温言！"

"啊？"

温言正看得入神，身后猝不及防一道声音响起，她吓了一跳，手一抖差点把东西丢出去。

江森迈着长腿两三步上前稳稳接住，扬着嘴角："君子一言驷马难追，就算把这个丢掉，也别想摆脱我。"

"没有。"她耳尖红了一下，然后把东西收回来，也没再细看了，"那个……我就是想看看这个到底是什么东西，那天你弟弟说它象征着……"

"想知道吗？"他走在她旁边，两个人一起下楼，转过第二层台阶的时候，他放慢了步子，别过头看她，"温言，其实有一件事情我没告诉你，我家里……"

温言想到他说过自己家庭情况有些复杂，此刻对他说的话也表示理解："没事啊，其实我也有件事没告诉你，那就是……温国正是我爸爸，就是你们的温校长。"

她想了想，又补上一句："这样的话，你有没有一种偷偷拐了校长的女儿，以后都有点没法正视他了的那种感觉？哈哈哈。”

“嗯。”江森看着她，眼底染了笑意。

——那你有没有一种拐了国王的儿子，以后都有点没法光明正大露面了的那种感觉？

他心里暗道。

“温言，Edward Aldrich Clarence Grover Scott Philip Quincy（爱德华·弗雷德里克·恩斯特·奥斯顿·埃文斯）是我的父亲。”

他刚说到这里，就看见温言一脸诧异。

这个身份，果然很难接受吗？

他犹豫了下，继续说：“虽然很难说出口，但是如你所见，他是帛莱的国王。”

他看了温言一眼，皱了皱眉头，慢慢开口：“我是帛莱王室的储君 Nelson 王子。那天给你的纹玺是我特有，在王室里，王子的纹玺持有者则将于成年之后即王妃之位，身份地位不容置疑，两个人的婚姻也不容许任何……”

“扑哧！”温言忽然没忍住笑出声来。

江森愣了一下，很……好笑吗？

“江森。”温言还没笑完，甚至捂了捂肚子，“有没有告诉过你，你的幽默都有点冷？”

所以，是被当成玩笑话了？

江森有点无语。

他想过坦白之后温言的各种反应，或者是惊讶不已，或者是紧张不安，更甚者反悔接下纹玺。

但唯独没有想过，她根本就不相信，只把这个当成一句玩笑话。

他堂堂正正的王室储君，如今身份竟然不被承认？

更不用提他打算新年的时候带她回去参加父亲的生日宴会了。

苦恼。

5.

十二月初的时候，晚晚举行婚礼。

大红色的纯中式婚礼，到处一片热烈的喜庆红色，凤冠霞帔笙箫队一样不少，各种流程走下来，仪式感极重。

新郎牵着晚晚开始拜堂仪式，眉眼间都是宠溺与掩不住的笑意。

执子之手，与子偕老。

从青丝到白发，最古老的简单承诺却承载了两个人一生的重量。

温言看着看着就有些走神。

台上的新娘新郎给双方父母敬完茶都接了红包，主持人笑着活络气氛，故意压低声音偷偷摸摸地问新郎：“以后家里财政大权归谁啊？”

在座的宾客都笑。

“人都是晚晚的，”新郎也笑，单手牵着新娘从头到尾没撒过手，把红包也握进她的手里攥着，“何况财政呢？”

一波热乎乎的狗粮。

主持人很浮夸地捂住自己被闪瞎的钛合金狗眼。

温言从小跟晚晚一起长大，看到这一幕，也不知道怎么戳中了泪点，一不留神就掉了眼泪。

反应过来，她觉得有些丢脸，不动声色地低头抹掉。

紧接着，掌心一暖。

江森伸手从桌下牵住她，另一只手从身后的衣兜里摸出一只黑色的钱包递到她手上，笑："我的也给你，别哭了。"

旁边的几个朋友看在眼里，都笑了。

温言有点窘迫，暗暗捏了捏他的手，后者倒无所谓的样子，笑意不减。

"言言啊，"有朋友终于忍不住开始打趣，"这狗粮我们可算是吃饱了，什么时候请我们吃饭啊？"

温言有点不好意思了，倒是江森大大方方开口："没问题的，看你们时间怎么方便都可以。"

这句话一出口，其他几个人也不拘着了。

其实一开始进门就想搭话来着，只不过不确定沟通上有没有问题，再加上看他不太好惹的样子，大家又是好久没见，一时间谁也不太好意思放开了开玩笑。

眼下看这情况，几个人心里瞬间有了底，敞开了话匣子："言言啊，你上哪儿找的这种男朋友啊？有兄弟姐妹什么的给我介绍一个啊！"

"兄弟有一个，"温言也笑，"只不过出手了，姐妹嘛，你就不用惦记了吧？”

“啊啊啊，人生艰难啊！”小A一副咬牙切齿的模样，“晚晚毕业就结婚，言言又有优质男友，珍爱生命，远离狗粮！”

“哎，不过，言言啊，看你们俩这情况……”小B意味深长一笑，“这都带回家是已经见过家长了吗？婚期订了没？我是不是可以开始给你们存份子钱了？”

“对啊对啊，大帅哥，你这次过来可以感受一下我们的中式婚礼了啊，等会儿别忘了跟我们晚晚取个经，讨论讨论经验什么的！”

……

几个人说说笑笑，江森全程耐心应着。

新娘子敬完酒过来跟着掺和：“本来还说要给你介绍男朋友来着。”

她指了指另一边堪称男模队的伴郎团，瘪了瘪嘴，然后盯着江森看了好半天，忽然想到什么似的，皱了皱眉头转过头对着温言：“哎不对啊言言，你可别骗我，你们真在一起了？我怎么总觉得他看着有点眼熟？”

温言：“……”

她还没来得及说话，旁边的新郎先不乐意了，一把拽住自家老婆：“晚晚，当着我的面用这么老套的梗去搭讪别的男人，你是不是有点飘？”

晚晚嘿嘿笑了两声，老老实实缩回脑袋。

过了会儿，她还是没忍住又看了两眼，小声嘀咕：“可是真的有点眼熟啊。”

在哪里见到过呢？

不是娱乐圈的男星，也不是生意场上的合作伙伴，更不是哪个叔叔伯伯家的儿子……

对了，陈医生！

她戳了戳旁边的新郎冲他递眼色：“哎！你不觉得眼熟吗？就是你们家那位陈医生，上个月回国的时候还跟我显摆来着，说是自己跟那个什么什么王储的自拍……”

新郎根本不关心什么自拍，抬手拍了把她的脑袋：“晚晚，红包你是不想要了吗？”

晚晚：“……”说好的财政大权归我呢？嘀，男人！

不过她也就只敢这么想想，行动上还是一如既往的屃兮兮，立马狗腿地切换话题：“我就随便说说嘿嘿，那个红包还是我的哈，说好了留给我买鸡腿儿 MM 豆的……”

温言就随意听了两耳朵，隐约听到什么王储之类的字眼，也没太往心里去。

只不过——

怎么又是王储？

江森长得就那么像王子吗？

下午婚礼结束后，江森说话算话请大家吃饭，又从饭店转战

KTV，一大帮人闹到半晚上才结束。

温先生已经带他老婆去国外过二人世界，温言索性也没再找什么酒店，直接将江森领回了家。他今天被灌了不少酒，整个人一路上昏昏沉沉。

温言去厨房煮了醒酒汤出来的时候，他已经躺在沙发上睡着了。

他个子很高，长手长脚地窝在小沙发上有点舒展不开，看上去莫名有点可怜巴巴的。

她调了下空调温度，找了条毯子盖在他身上，然后在他身边蹲下来。

他睫毛很长，下颌线条分明，因为喝了酒的缘故，白皙的脖颈红成一片，眉头轻轻皱起，只不过睡着的时候还是少了很多平日里的那种戒备与警惕，看上去显得温顺又乖巧。

温言看着看着，鬼使神差地伸手去摸了摸他的眼睑，指腹上传来一阵温热又柔软的触感。手指往下，碰上他高挺立体的鼻梁，再往下……她忍不住往前倾了倾身子，确定他已经睡着，红着脸慢慢俯身过去，两个人的距离越来越近，温热的呼吸近在咫尺。

心跳怦怦怦。

温言闭上眼睛，默默地攥紧了手指……

“咚咚咚！”

猝不及防的一阵敲门声，她一下子惊吓到弹起来，手忙脚乱地掀起毯子将江森整个人都盖住，然后拍了拍自己滚烫的脸颊，过去开门。

吴女士的笑还没扬起来，温先生从她身后冒出来眼尖地扫了一眼："怎么后边沙发上还躺了一个？"

"温小言！"

手机里传来温先生的震天吼："你怎么搞的，不谈就不谈，一谈还给我搞俩男朋友是不是？温小言你还真有本事啊？大晚上的带俩男的回家，我不在你是不是要翻天了？"

这下林措也被吼㞞了。

两个人被温先生和吴女士联合起来，口头攻击教育了好一阵子。

……

最后还是江森被吵醒，很淡定地接过手机，跟电话那边的温爸温妈坦白了跟温言的关系，然后又聊了好一阵，这才把他们的怒火平息下来。

第二天一早，天还没亮，温言就打包了行李，强行把还在睡觉的江森和林措扯起来"逃命"。

江森被她这反应搞得有点哭笑不得。

"你真以为你信口胡诌的那什么王储身份能骗过温先生啊？"温言招手打车，回头看他一眼，"温先生以前是做过外交工作的，对很多国家都很有了解。昨晚估计是被你说蒙了，今天要是回过神来，肯定第一时间飞回来宰了我们你信不信？"

她昨天晚上听到江森跟温氏夫妇说的那一套了。

他是帛莱王室储君，于明年即位，跟温言的恋爱，父母也已经知晓和赞同，希望新年的时候能带她回国跟父母碰面。

说得一套一套的。

浮夸得就像门口卖保健品的三流骗子。

不过也不知道温先生是不是智商还没倒过时差，对他说的那些话竟然也没怀疑。

“牛皮不能吹太大，”温言接过来跑腿小弟林措递来的包子咬了一口，含混不清，“你昨晚不说还好，还扯那么多谎，现在在温先生那里的印象肯定坏透了。他最讨厌别人撒谎什么的，江森我跟你说，以后温先生肯定不会同意我们结婚什么的，你到时候的阻碍就更多了……”

“所以，你已经决定要嫁给我了吗？”江森把行李放到后备厢，替她打开车门，笑着看她。

温言愣了下，反应过来自己刚刚说的话。

这家伙也……重点也抓得太奇怪了吧！

温言乖乖上了车，这一路上都闭着嘴没再说话。

6.

接下来几天，温先生那边竟然难得再没有任何动静。

迟迟等不到预计之中的暴风雨，温言觉得……特别慌！

这也太不符合温先生和吴女士的风格了。

温言返校的第三天，温先生和吴女士拎着大包小包就直奔学校杀了她个措手不及……

那时候她刚从余教授办公室出来。

夏絮还在盯着她手里那封看上去就很高贵奢华的……信？

“温小言言！”她打量半天也没看明白信封上的标识，“余教授刚刚也没说这是谁给你的啊？你该不会背着我去买什么彩票啊兑奖券啊之类的东西了吧？然后，中奖了？这是那种什么马尔代夫十日游，豪华游艇抵用券？不过，这年头这些商家也挺不容易哦，搞这么高大上的信封，就差给上边镶点钻石啊金银珠宝啊啥的了。”

她把信封翻过来看了两眼：“啧啧啧，还是全外文，生怕谁看懂似的！”

温言心里有一种危险的揣测，她捏着信封半天没说话。

两个人从一教出来，迎面撞上风风火火冲过来的林措。

上一秒还怒气冲冲的家伙，看见夏絮的时候瞬间化身小绵羊，也不顾八百瓦亮度的温言牌灯泡，他自顾自就扒拉着夏絮的小肩膀，把脑袋搁上边蹭蹭，可怜巴巴的：“父亲说不合规矩，不给我印章，还训了我一顿，我没有纹玺，你是不是就不会嫁给我了……”

“你这什么歪理论啊？”夏絮白了他一眼，抬手去扫他的脑袋，撞上他的小眼神，又默默地放下手，索性任凭他挂在自己身上，“五弟啊，你别自作多情啊！我什么时候说有纹玺就嫁给你了？”

“那就是说没有纹玺你也嫁了？”

“你脑子有病啊？我什么时候说要嫁？”

“你冷酷你无情，我刚刚被父亲训了一顿，你都不安慰我一下吗？”

“……”

“你怎么这么冷血？你是属蛇的吗？”

“……”

“你——”

“好好好，安慰你，”夏絮真是被这家伙磨得没脾气了，放软语气，“那什么印章有什么好玩的，还不如……”

话没说完，林措利索地拿开搭在她身上的爪子，从怀里摸出那只熟悉的黑丝绒盒子，笑得像个地主家的傻儿子：“我就知道你还是很喜欢我的，我跟你说啊，虽然我没有印章，但是我心灵手巧啊！”

温言没忍住“扑哧”一声笑出来：“林措，你最近中文讲得不错啊！”

“哎，是吗？谢谢夸奖，都是夏絮的功劳，我跟她讲话必须讲中文，不然她不理我！”林措美滋滋的，顿了顿又抬手把温言拨开，表情严肃，“哎，不是，你别打扰我，我这说正事呢！”

“好好好，你继续——”

他打开盒子递到夏絮面前。

还是上次那块石头，只不过小了一半。

“夏絮。”他严肃起来，“给你看，我重新加工了一下，还画的纯手工标记，比江森那个官方的好多了，虽然我没有储君什么的，但以后凭我这个你也可以……哎温小言你怎么还在这儿？没眼力见儿吗？这么大一灯泡！”

温言：“……”还被嫌弃了？

她回头冲这俩人翻了个大白眼，然后才往寝室方向走。

江森就站在她的寝室楼下，背对着小花园，似乎是在跟手机里的人说些什么，略微翘着嘴角，半只耳机随着他的动作一晃一晃的。见温言回来，他从手机间抬头，冲她招手：“言言，过来。”

他低头跟屏幕那边的人说话，切换了中文，语气间都染着愉悦：“嗯，她收到了，我们会赶在圣诞节前回去的。”

温言手里还握着那封刚刚打开的邀请函，她扫了一眼满脸笑意的江森，心里没来由地有点紧张，慢吞吞地往江森身边挪过去：“江森，谁啊？”

“母亲。”

母亲？

温言觉得自己要么就是被吴女士荼毒太深，要么就是脑子坏掉了，她第一反应是吴女士找上江森了。

“哎哎哎妈，我跟你说……”她火急火燎地跑过去，“妈，我们——”

下一秒，她整个人僵住。

屏幕里皮肤白皙的妇人原本正笑意盈盈地看着她，见她这个反应，两个人都是一愣。

随即耳机里传来一声低呼。

“Oh my god!What a lovely girl!”（哦，我的上帝！多么可爱的女孩！）

温言像被烫到手一样，红着脸一把把手机塞到江森手里，压低了声音有点气恼：“你怎么……怎么不告诉我啊？她……她是……”

江森收了手机跟那边说了几声，好不容易压下自家老妈的兴奋心情，然后瞥到她手里的信件，笑：“现在信了？”

他也是很苦恼，跟自己的小女朋友明里暗里坦白了好几次自己的身份，可是对方偏偏不信，他能怎么办？他也很绝望啊。

所以只好拜托母亲再以王室的名义发一封生日宴会邀请函过来……证明他的身份？

温言现在心情也是很复杂。

一不小心捡了个小王子做男朋友……

她现在是不是该发表下获奖……啊呸心得感想？

“言言。”江森拿起放在旁边的文件袋打开，里边装着房产证、车钥匙，还有零零散散的一堆银行卡，他笑，“东西我都准备齐全了，你看一看，还有什么遗漏的吗？”

温言愣愣地接过去，一时没反应过来，傻兮兮地“啊”了一声。

“如果没有遗漏，那么……”

他笑了下，单膝下跪，牵着她的手放到唇边：“我现在以王储的名义，正式邀请你加入帛莱王室，我亲爱的威尔斯公爵夫人殿下。”

一枚蓝色的戒指缓缓套上她的指间。

“我以帛莱三十六万平方公里国土起誓，一生只忠于妻子温言一人，至死方休。

“信我，言言。”

温言红着脸看他，想了半天也不知道自己想说什么，结果开口时一激动，不小心脱口而出：“你这么求婚，你爸妈知道吗？”

江森：“知道。”

温言：“呃……那个……”

她脑子一抽：“可是我爸妈不知道。”

“嘿，你这个小崽子！”

话刚说完，吴女士风风火火地从旁边的角落里窜出来，看样子像是才从机场赶回来，手里的行李箱都还没来得及放下，抬手就朝她背上拍了一下：“别想甩锅给我们啊！好不容易有人愿意把你这个小祸害给收了，要答应赶紧的啊，不然等会儿人该反悔了！”

温言：“……”

温先生拖着大包小包紧追过来，有模有样地抹了把老泪：“言言啊，爸爸上次就是随便说说，你怎么还真把人家收了做男朋友啊？爸爸舍不得你。”

那句话怎么说来着，女儿都是父亲上辈子的小情人，果然，关键时刻还是老爹亲。

温言瘪了瘪嘴巴，感动得不行，抬手过去就是一个大大的拥抱。正准备再煽情两句，结果被温先生拍着额头一把推开：“哎哎哎，差不多行了啊，该煽情的戏码我都给你演完了，你怎么还不跟你男朋友走啊？”

他一脸警惕地抱紧手里的袋子：“你是不是还觊觎我老婆的零食？我说，你想都别想啊，你现在也是有男朋友的人了，别整天缠着我们了啊。”

温言：“……”呵呵，什么上辈子的小情人，果然都是骗人的！

“我老婆说得对，”妻奴温校长还不忘再补上一句，“要答应赶紧的，不然等会儿人该反悔了。”

温言愤愤地看着自家亲爹娘。

半晌，她忽然意识到一个问题。

——所以，江森的真实身份，温校长其实是一早就知道的吧？

只有她一个人跟傻子一样还在脑补人家豪门私生子的戏码？

她牵着江森，默默地把目光移向温校长。

父女一条心，温校长很快就明白了她的意思，不动声色地转移开视线：“这你可别怪我，我早就跟你说了让你多关心时事政治多看新闻，是你自己不知道的，我又没有故意骗你……”

“你个小崽子还好意思提这茬？”吴女士果断站自家老公那一边，“自己谈了大半天恋爱还不知道人家是谁！啧，我到底是怎么生出你这么傻的女儿的？”

算了。

温言说不过自家爸妈，只好想着：

我这么大度可爱，不跟你们计较……

江森笑着站在旁边看他们闹闹哄哄，然后伸手去牵她的手，温言停下来，仰着头回望他，在他眼里正看见自己的笑脸。

他的手掌默默添了些力度，两个人十指缓缓交错紧握。

阳光在深秋里晕染，微风穿越林立的树丛，拂动飒飒落叶。

而我遇见你，在最恰到好处的时光里。

我们的美好，才正要开始。

全文完

/番外一/

失踪人口回归

毕业典礼那天，温言和夏絮她们浪荡了一天，各种拍拍拍、吃吃吃，平日里吐槽了八百遍的地方现在却觉得怎么都看不够。

想来还是有些小小的伤感。

不过更伤感的是——

江森失踪了。

是的，失踪了吧？

反正温言有几天都没有见到他了，就连毕业这种时候，都没有他的人影。

林措也是，最近几天都没有缠着夏絮了。

肉肉看着表情都有那么一丝丝怅然的温言和夏絮，好心情地幸灾乐祸：“都一把年纪了，你们还不知道吗？毕业就分手这是个魔咒啊，哈哈哈，来吧，欢迎回归单身狗之家！”

“呸！”

温言和夏絮还没说话，小鱼先不乐意了：“肉肉同学你要点脸啊，单身狗之家根本没有你！我严重怀疑你这是变相秀恩爱，你们家林洲刚才给你送毕业礼物我可是看得一清二楚，没有送钻戒吗？嘿嘿嘿，什么毕业就分手，我还看到很多毕业就结婚的呢！”

“乱说！”肉肉有一丝丝羞恼，“林洲可不是我家的，这会儿指不定跟哪个小学妹你侬我侬呢！”

小鱼翻了个大白眼：“我闻到陈年老醋的味道……”

两个人又是一番争执。

晚上十一点的大排档，啤酒烧烤小龙虾，风一吹，全是食物的烟火味道。

温言喝得有点上了头，脑袋昏昏沉沉的只想睡觉，她举着剩了不到三分之一的啤酒罐，打算再一起喝最后一杯就各回各家各找各妈。

“来，走一个，我们——”

她话没说完，眼睛一黑，嘴巴被人从身后捂住，对方力气很大，一个反手将她整个人打横抱起，直接就走。

“救……”

她下意识地呼救，话说到一半，忽然顿住，默默勾了勾嘴角，倒头就睡。

意识涣散前，她还隐约听到身后小鱼的惊呼声以及被压下来的动静。

江森把怀里的家伙放进车里，看着她毫不顾忌呼呼大睡的样子，有点哭笑不得。

这心是有多大，才能在被不明身份的人带走的时候，还能安然入睡？

他弯腰坐在她旁边，将她的脑袋放在腿上，拿出湿纸巾帮她擦脸。

“江森。”驾驶位传来不屑的声音，“你是不是脑子有病啊？正儿八经把人带过去难道不好吗？”

“闭嘴，”后座上的人头也不抬，“还想追夏絮吗？”

林措再也不说话了。

江森这个奸诈的家伙，就是用这个理由，把自己从学校里拽出来活生生给他做了三四天的苦力。

现在还要做司机！

林措气呼呼地踩了一脚油门，车子扬长而去。

温言困得实在睁不开眼，也不知道睡了多久，稀里糊涂地被人拍醒。

睁开眼的那一瞬间，她差点以为自己穿越了。

入眼全是大红色。

她被架上凤冠霞帔，明明还是她自己的房间，周遭的摆设却全部被绑上了大红色的绸带，窗户上贴着巨大的红“囍”。

她处于巨大的惊喜和诧异之中。

所以，昨晚原来是抢婚？

她才反应过来。

心里一阵小激动，原来“失踪人口”最近是在忙活这个！

有个靠谱的男朋友就是好！

嘿嘿嘿。

“我就没见过你这么不靠谱的新娘子！”

房门被推开，吴女士领着夏絮她们进来，还不忘继续吐槽温言：“结婚前一天还在外边鬼混！我到底是怎么生出来你这么不长心的家伙的？”

温言：“……”

吴女士还在继续念叨：“也亏得我们家江森脾气好性格好，任劳任怨一手操持所有的事情。昨天我们下飞机的时候他都已经在机场等着了，你呢？玩得还挺嗨是不是？”

温言：“……”

吴女士，注意措辞啊，什么叫你们家江森？

不是，你们也没告诉我你们昨天回来啊！

她比窦娥还冤枉。

还有！作为当事人，她怕也是唯一一个到了婚礼当天才知道自己今天结婚的新娘子吧？

温先生已经换了喜气洋洋的古装，温言立马从床上弹起来对着自家老爸一顿猛夸，希望他能管管老婆，不要让她再念叨自己了。

“我帅吗？”温先生问。

“帅帅帅！”温言疯狂点头，顺便冲他使了个眼色。

“帅也不是你的。”温先生无比高冷地一抬下巴，根本无视温言的疯狂眼色，直接把脑袋转向吴女士，“快别挤眼睛了，我老婆说得对，你就是不靠谱！”

温言：“……”

夏絮和肉肉她们在旁边疯狂大笑。

温言斗不过他们，只好决定把气撒在某个人身上，谁让他把所有功劳都抢完了呢？

八点多的时候，楼下喇叭唢呐和鞭炮声响起来。

听见脚步声，温言“嗖”地窜过去立马把房门锁起来。

果不然，没一会儿工夫，外面开始闹起来。不等夏絮她们开口，林措已经开始疯狂往门里塞红包，还不忘递话：“都别抢啊，这红包是给夏絮的！”

说完又塞进来一沓厚厚的红包。

“你别生气啊，我这几天都是被江森抓来做苦力了，不是故意不去找你的。”林措在门外眼巴巴地解释着，看上去比新郎还要希望里边快点开门，红包塞得连温言都有点不好意思了。

“言言。”门外有熟悉的声音响起，江森敲了几下门，笑，“听话，快把门打开。”

“求我啊，求我啊！”温言很是嘚瑟。

“温言！”林措先急了，“我求你，我求你，赶紧把门打开，我把红包都给你好不好？我已经三天零八个小时四十二分钟没有见到夏絮了，现在就剩一口气吊着，你再不开门可就要出人命了。”

温言拨开数红包数到手软的肉肉和小鱼，自己挡在门口，继续笑：“你让江森求我啊！江森你个心机 BOY（男孩）！”

她要享受一把做女王的感觉。

结果下一秒，门“哗啦”一下被打开，门外一帮人瞬间拥进来。

温言一脸蒙和震惊地看着叛徒夏絮。

“那个……”夏絮有点脸红，不自在地挠了挠头，“江森也挺不容易的，言言你赶紧哈！”

温言：“……”叛徒！

她还没来得及说话，便被人蒙上盖头，视线被掩住，入目一片大红。

江森索性蹲下身来，将人背在背上带了出去。

她看不见外面，耳边全是喧闹声一片。

他背着她慢慢地走，一步一步，平稳而虔诚。

温言心里忽然有点感动，她抬手勾住他的脖子，还带着一点赌气：“你怎么这么奸诈，怎么不提前告诉我一声？”

他只是笑，没说话。

温言继续扮委屈：“你知不知道，我爸妈现在可嫌弃我了，说你哪哪都好，我既不长心又不靠谱，我觉得你才是他们亲生的，我根本就是野生的！”

“这样不好吗？”他笑，“他们都嫌弃你了，只有我一个人对你好，你才不会走。”

温言心里一动，嘴上却不罢休：“你就是个心机鬼！”

“对，我是心机鬼。”他也不辩驳，“不想给别人可乘之机，所以迫不及待抢了女朋友带回来逼婚。”

温言也不气了，心里还有点小嘚瑟，趴在他背上咂咂嘴，感觉自己就是个不可一世的女王：“哎，没有我你可怎么办啊！”

“嗯。”他笑，“没有你我可怎么办啊。”

或许会听从家人安排，跟一个还不错的女孩子结婚，然后不喜不悲平平淡淡走完一生。

不过，还好你出现了。

幸好你出现了。

/番外二/

致我最亲爱的 S 先生

S 先生。

这是我们认识的第八年。

想来还是觉得有点意外，毕竟第一次见你的时候，没敢想到我们真的会一起走这么久。

来，抱一个，谢谢你呀。

昨天晚上森木跟我说她要写一个小王子的故事，然后我开始重新回忆我们之间的故事，把很多零零碎碎的情节讲给她。

虽然有些不好意思，但是，S 先生，我得向你坦白。

第一次见你的时候，我心里是起了点波澜的。

真抱歉啊，早在八年之前你问我叫什么名字的时候，我就已经

对你心怀不轨了。（偷笑）

大概人与人之间真的是存在磁场感应的吧？

当时也不知道哪里来的直觉，笃定面前这个人跟别人不一样。

是不一样。

我一度觉得我看人很不准。

我以为的翩翩公子，结果滥情又无赖。

还是个骗子。

还有神秘的身世之谜。

……

哈哈哈！

有过怦然心动的开始，之后却不是浪漫偶像剧，我们之间误会频频。

那时候，我目睹过很多次你“不好”的一面，除了森木写的这些。

我还见过你跟不同的女生压马路逛公园散步并且送对方回家……

我还听过你偷偷摸摸跟神秘人打电话疑似约架……

我跟男同学出去吃饭还被你刻意破坏……

那时候我还不清楚你的身份，不知道你是为了避开乔治的耳目才装作跟女生“约会”去安排公事，也不知道你其实是“宠弟狂魔”，背后一直替弟弟收拾烂摊子，更不确定你的真实感情。

虽然不愿意承认。

但忍不住时时刻刻去关注你，是掩饰不了的事实。

我见过你对手下大发雷霆冷若冰霜的样子，也见过你替朋友四处奔走满脸胡楂的样子，见过你进退维谷满心绝望的样子……

你很迷人，但是也太难看清楚。

朋友都知道我喜欢你。

虽然我极力否认。

不过好在后来，时间证明，我看人的直觉是对的。

你跟别人不一样。

你的感情隐秘又热烈，你是一个积极正直的人，你有世界上最强烈的责任心与正义感。

你是世上最好的 S 先生。

所以你看，即便今天的你已经变成粗糙大叔，跟时下的小鲜肉没得比，可我每次见到你，还是会心动。

我不相信七年之痒，我只信历久弥新。

谢谢你，帮我证实了这一点。

我生长在家教严格的家庭里。

温先生看似大大咧咧，也从来不会用威逼利诱这种手段逼迫我去学什么东西，但是他总有那种魔力，不用施威就会让我主动去学。

熬夜背单词，早起练听力，双休日刷题……

我时常也会恼，觉得不公平，别的小孩子开开心心玩耍的时候，为什么只有我要多学那些东西？

叛逆的中二时期也会想要发火。

可是还好，还好我坚持下来了。

谁说机缘巧合不是命中注定呢？

在遇到你的那一刻，我突然就明白了我所做过的所有努力的意义。

假设我是个学渣，或许我不会进入C大，不会认识你；

假设我一无所知，即便温先生还是校长，我仍然不会有带你了解中华文化的机会；

假设我平庸无为，可能根本没有信心也不敢和你相爱……

我从小羡慕温先生和吴女士的相处模式。

包容，宠溺，关切，浪漫。

他们眼里永远只有对方一个人，这样的爱情从来不会过期厌倦，每一天的相爱对于他们都是新鲜的和值得珍惜的。

所以，我挑剔。

在遇见你之前的那么多年里，不乏有人向我示好甚至告白，可我不愿意去做一些无谓的尝试，很多人说我高冷。

可是所谓高冷，只不过是因为没有遇见对的人罢了。

就像S先生你，很多人说你手腕强硬，为人霸道冷漠。

但是，只是这样吗？

大概是他们都没有见过你情话连篇的时候吧？

也对，他们为什么要见呢？

哈哈哈！

S 先生。

何其有幸，与你走到今天。

我心悦你，余生如是。

也……谢谢你。

呃……好肉麻不行我人设要崩了。

爱你的温言

图书在版编目（C I P）数据

你见过仙女吗？会追你的那种 / 森木岛屿著. -- 贵阳：贵州人民出版社, 2019.1
ISBN 978-7-221-15087-5

Ⅰ. ①你… Ⅱ. ①森… Ⅲ. ①长篇小说－中国－当代
Ⅳ. ①I247.5

中国版本图书馆CIP数据核字(2019)第006549号

你见过仙女吗？会追你的那种

森木岛屿 / 著

出版统筹：陈继光
选题策划：大鱼文化
责任编辑：胡 洋
特约编辑：雪 人 娄 薇
装帧设计：刘 艳 西 楼
封面绘制：小美马
出版发行：贵州人民出版社（贵阳市观山湖区会展东路SOHO办公区A座 邮编：550081）
印 刷：长沙鸿发印务实业有限公司
开 本：880×1230毫米 1/32
字 数：186千字
印 张：9.125
版 次：2019年2月第1版
印 次：2019年2月第1次印刷
书 号：ISBN 978-7-221-15087-5
定 价：35.80元

贵州人民出版社微信